著——徐則臣

狗叫了一天

STORIES OF BEIJING WESTERN SUBURBS

北京西郊故事集

目錄

菊花須插滿頭歸（自序）

——《狗叫了一天：北京西郊故事集》創作談

三年前搬到西北五環外，抬頭看見百望山。名副其實的北京西郊，腳底下的這片土地，在十幾年之前還叫龍背村。從這裡坐地鐵去單位，彎彎繞繞需要一個半小時。地鐵也會坐累，下班回來，過了十號線的海淀黃莊站，我經常半路下車，哪一站都無所謂。出地鐵站，就是廣大的北京西郊。

二〇〇二年到北京，讀書、寫作、成家立業，從一間房子到另一間房子搬了五次家，一直圍著西郊打轉。北京很大，但對我來說，北京只是這一塊，我熟悉的也只有這一塊。這裡有我的親人和師友，有我十八年來安寧浩蕩的生活。很多年前，這裡的每一條街道、馬路和胡同我都走過，每一座高樓、平房和四合院我也都看過。很多年前，你總能碰上一個背雙肩包的年輕人像游魂一樣在大街小巷穿行。

我在這裡結識了五湖四海奔波而來的朋友，他們分屬五行八作，懷揣看得見或祕不示人的本領。那時候都還年輕，英雄不問出處，一個眼神對上了，就嘯聚街頭巷尾，找個小館子吃喝起來；因為不勝酒力，別人大碗喝酒，我只大塊吃肉。就是在西郊這裡，我遇到了這些故事中的寶來、行健、米籮、咸明亮、馮年、天岫、張大川、李小紅、張小川、王楓、林慧聰、戴山川，也遇見了「我」自己，木魚。

一晃十幾年過去，歌樓聽雨的少年年歲已長，壯年聽雨者，鬢未星星人也星星了，皆客舟中四散而去。除了我，留下來的都算上，一桌牌局怕也難以湊齊。他們離開是必然的。看過這些小說的朋友問我：他們非得走嗎？我說：非得走。不唯是京城米貴、居之不易，還因為他們在精神上扎不下來根。這個世界有多少條寬廣的道路就有多少根絆腳的繩索，這個世界有多少種歡聚就有多少種離別。

在高談闊論之間，在推杯換盞之間，在暢想未來和黯然神傷之間，我看見他們的道路慢慢變成繩索，我開始經歷一個個歡聚之後的離別。我扳了指頭數過，行健們、咸明亮們、馮年們、張大川們、王楓們、林慧聰、戴山川們，沒有一個在西郊待得超過十年。十年後，剩下一個我。

我也沒有扎下根，但我用了十八年的時間替他們證明了一個問題：扎下根跟戶口、編制、房產證、娶妻生子、家業興旺沒有必然關係。當然，一個現代人，是否一定得在故鄉或者他鄉扎下根，同樣是個破費思量的問題。這些事說來話長，他日闢專章單表，此處只說他們。有朋友把集子翻閱一過，看得淚目，問我：

他們只能失敗嗎？

我答：他們失敗了嗎？

我確實不認為這是失敗，離開不過是戰略轉移。打得贏就打，打不贏就走，人生無非如此。可以心無掛礙地來，為什麼不能心無掛礙地走？

那麼，從二〇一〇年到二〇一七年，我花了八年的時間才講完這九個故事，又是為了什麼？簡單地說，為了重新回到那一片我和朋友們曾經走街串巷的西郊之地。就像現在這樣，經常半路下車，一個人去那裡走走。幸虧這些年我一直在附近轉悠，小的變化未必都能歷歷在目，大的動靜多少還是看見了一些，否則，這西郊的有些地方，貿然故地重遊，真要找不著北。面目全非雖不至於，鳥槍換炮卻是不可避免。小平房的屋頂不見了，廢墟不見了，塵土飛揚的道路不見了，冬天彌漫的煤煙味不見了，小館子、小攤點不見了，南腔北調少了，街巷裡晃蕩的人影少了，很多棵樹也徹底消失了。從形式到內容，西郊正在城市化、現代化的單行道上一路狂奔，跑出了十幾年前我們想像不到的樣子。

前兩年，在同是以西郊為背景的小說《天上人間》的再版後記中，我寫到一個朋友。他曾是《天上人間》裡的一個人物原型。他說，「搬家收拾行李，翻出了第一版《天上人間》，隨手打開自己的故事，一直讀到號啕大哭。哭累了，才發現自己只穿了一隻鞋，那隻光腳為了躲開地板磚的寒涼，一直踩在另一隻腳上。」他站著看完了那個故事。他說整個閱讀如同不停地擦拭一面斑駁陸離的鏡子，逐漸清晰地看見了自己。他跟一個年輕、茫然、勇猛、糾結的自己相遇了。他的痛哭並非來自某種得意、失落或者緬懷，僅僅是因為看見了一個被逐漸還原回去了的鮮活的自己，在遙遠的八年前。如同一個奇蹟。

這個朋友現在幾乎可以是這本《故事集》中的任何一個人，包括作為作者的我自己。我和他一樣，也在擦拭一面光影漫漶的鏡子，期待與自己，還有那些曾經相聚西郊的朋友再次重逢；他用讀，我用寫。

那一段沸騰又喑啞的時光，時至今日，哪一種才是打開它的正確方式？頭腦中突然冒出杜牧〈九日齊山登高〉中的一句詩，似有莫名的契合：塵世難逢開口笑，菊花須插滿頭歸。

靜夜高誦，獻給所有西郊相逢過的兄弟姊妹。

徐則臣

於二〇二〇年五月十一日　安和園

「看，這就是北京。」

行健在屋頂上對著浩瀚的城市宏偉地一揮手，

「在這一帶，你找不到比這更好的房子了。

爬上屋頂，你可以看見整個首都。」

屋頂上

頭正疼，我能感覺到腦袋裡飛出一隻明亮的鳥來。那鳥通體金屬色，飛出我腦袋後翅膀越搧越大，在半下午的太陽底下發出銀白的光。如果牠往西飛，會看見民房、野地、光禿禿的五環和六環路，然後是西山，過了山頭就不見了。如果牠朝東飛，除了樓房就是馬路，樓房像山，馬路是峽谷，滿滿當當的水流是車輛和行人，在這隻鳥看來，北京城大得沒完沒了，讓人喘不過氣來。牠明晃晃地飛啊飛。

「出牌！」

我甩出一張梅花六，說：「鳥。」

他們都拿大眼瞪我。

我趕快改口：「梅花六。」

「就是嘛，這就是像個雞巴也不會像個鳥。」

我們坐在屋頂上玩「捉黑A」，槐樹的陰涼罩住四個人。行健、米籮、寶來和我。這一年，寶來二十歲，最大；我最小，剛過十七。我們住在海淀區郊外的一間平房裡。整個夏天到秋天，大白天我們都在屋頂上玩撲克，捉黑A。這個牌簡單易學，玩起來上癮。一副撲克裡只有一張黑桃A，抓到的人一聲不吭，他是我們另外三個的共同敵人，敗了，就得請我們抽菸喝啤酒；我們輸了，三個人伺候他一個。但事實上一打三總是很吃虧，誰抓到黑桃A誰倒楣。從夏天到秋天，從我住進這間小平房，從跟著他們三個撅著屁股爬上屋頂坐到槐樹蔭下，黑桃A就非寶來莫屬。奇了怪了，這張牌長了眼似的每局都直奔他去。一百回中至少有九十五回。到最後，抓完牌我們乾脆就說：

「寶來，讓我們看看你的黑桃A。」

他順從地抽出來給我們看：「在呢。」

幾乎不出意外，他又輸了。我把贏到的那根中南海菸和那杯燕京牌啤酒推到他跟前，說：「寶來哥，給他們。」

我都有點兒心疼他了。我不抽菸也不喝酒，嘴裡叼根菸手裡攥杯酒讓我難為情。我剛十七歲，夏天開始的時候來到北京。退學了。看不進去書，我頭疼。醫生把這病稱作「神經衰弱」，他輕描淡寫地開了藥：安神補腦液，維磷補汁。腦袋發緊或者頭疼時就喝一口。後者裝在一個類似敵敵畏的瓶子裡，每次打開瓶蓋我都在想，這是毒藥。療效可以忽略不計。每到下午四五點鐘，我站在高二年級的教學樓上面對夕陽，依然莫名其妙地恐慌，整個世界充滿了我劇烈的心跳聲，每一根血管都在打鼓。醫生稱之為「心悸」。好吧，可是我為什麼要心悸？腦袋裡如同裝了圈緊箍咒，一看書就發緊，然後就疼，晚上睡不著，早上不願起。即便入睡了也僅是浮在睡眠的表層，蚊子打個噴嚏就能把我吵醒。我常常看見另外一個自己立在集體宿舍的床邊看著我，而此刻宿舍裡的另外七個同學正痛快地打呼嚕、磨牙、說夢話和放屁。醫生說，跑步。跑步可以提高神經興奮性，知道嗎，你的神經因為過度緊張像鬆緊帶一樣失去了彈性，你要鍛鍊鍛鍊鍛鍊，讓神經恢復彈性。可是，我不能半夜爬起來跑步啊。

可是，醫生還是說：跑步。我就卷起鋪蓋回家了，這書念不下去了。我跟爸媽說，打死我也不念了。他們和我一樣對這詭異的毛病充滿懷疑。我爸圍著我腦袋轉圈，右手舉起來，大拇指和食指緊張地靠攏，他希望一發現某根明亮的金屬絲就及時地將它抓住，從我頭腦裡拽出來。不能讓它跑了，狗日的你到底在哪裡。什麼都沒找到。什麼都沒找到，我爸一屁股坐在四條腿長短不齊的舊籐椅上，語重心長地跟我媽說：

「閒著也是閒著，讓他跟三萬去北京吧。興許能掙兩瓶酒錢。」

我媽說：「他才十七啊。」

「十七怎麼了？我爹十七歲已經有我了！」

我就跟三萬來了北京。洪三萬，我姑父，在北京辦假證，看他每次回老家的穿戴和叼的菸，就知道發大了。他只抽中南海點 8 的菸。見了鄉親們慷慨地一撒一排子，都嘗嘗，國家領導人就抽這個。給我爸都給兩根，一根抽，一根夾到耳朵上，讓他沒事摸出來聞聞。我和行健、米籮、寶來住一塊兒，就這間平房，每月兩百四十塊錢租金，兩張高低床。四個人幹一樣的活兒，晚上出門到大街上打小廣告，就是拿支粗墨水筆，在乾淨顯眼的地方寫一句話：刻章辦證請聯繫××××××。×××是傳呼機號碼。行健和米籮給陳興多幹，我和寶來給我姑父幹，我們倆寫的傳呼機號當然就是洪三萬的。有時候我們不用筆寫，而是一手拿吸滿墨水的海綿，一手拿用生山芋或者大白蘿蔔刻的章，抹一下海綿蓋一個印，比寫快多了。印是我刻的，就是那句話，不算好看但是打眼就明白。

只能晚上幹活兒，怕抓。城管和員警小眼滴溜溜亂轉，見一個抓一個。後半夜他們就睡了，就算繁華的中關村大街後半夜也沒幾個醒著的，我們倆就在牆上、公車站牌上、天橋上、臺階上甚至馬路上放心大膽地寫字，蓋印章。環衛工人擦掉了我們再寫，野火燒不盡春風吹又生。想刻章和辦證的人就會按圖索驥找到洪三萬，洪三萬再找專業人員來做。他到底能掙多少錢，搞不清楚，反正他給我們的工資是每月五百。寶來說，不錯了兄弟，每天半夜出來遛一圈，就當逛街了，還有錢拿。他很知足。我也很開心，不是因為有錢，而是因為我喜歡夜裡。後半夜安靜，塵埃也落下來，馬路如同靜止的河床，北京變大了。夜間的北京前所未有地空曠，在柔和的路燈下像一個巨大而又空曠的夢境。自從神經衰弱了以後，我的夢淺嘗輒止，像北京白天的交通一樣擁擠，支離破碎，如果能做一個寬闊安寧的夢，我懷疑我能樂醒了。

白天我們睡覺，從清早睡到下午。為了能順利入睡，後半夜我在打小廣告的間隙強迫自己上躥下跳，利用一切機會跑來跑去。如果你碰巧也在那時候走在北京的後半夜裡，沒準會看見一個頭髮支棱著的瘦高小夥子像個多動症患者一樣出沒在京城的大街小巷。對，那傢伙就是我。旁邊長得敦實的矮一點的是寶來，他的動作緩慢，可能你會覺得他有點傻，其實不是，我拿我的神經衰弱向你保證，寶來哥一點都不傻，他只是心眼兒實在，用你們的話說是「善良」。他是我在北京見到的最好的好人。

行健和米籮堅持認為他有點不夠用，從不叫他哥，平房裡的雜事都讓他幹。掃地，倒垃圾，切西瓜，開啤酒瓶，如果晚飯可以代吃，他們可能也會讓他做。當然這些事根本不用他們支使，寶來已經提前動手了，他覺得他最大，理應照顧好我們三個。比如現在，我們在床上還沒睜開眼，他已經下床把小飯桌和四張小板凳搬到了屋頂上。離太陽落山還早，我們唯一的娛樂就是打牌，捉黑A。

在我來之前，他們三個爬到屋頂上不是為了捉黑A，而是看女人。站得高才能看得遠，經過巷子裡的女人可以迎面看見她們的臉和乳房，等她們走過去他們也跟著轉身，繼續看她們的腿和屁股。待在屋頂上也涼快，老槐樹的樹蔭巨大，風吹來吹去。我來以後，四個人正好湊一個牌局。我喜歡屋頂上還因為視野開闊，醫生說，登高望遠開闊心胸，對神經好。擠在小屋裡我覺得憋得慌。而且不遠就是高樓，還有比高樓更高的高樓，我想站得高一點，那樣感覺好像好了一點點，雖然再怎麼踮腳伸脖子也很矮。

打牌的時候我不吭聲，話說多了頭疼。寶來話也少，他總是皺著眉頭像哲學家一樣思考，但想得再多也沒用，黑桃A到了他那必輸無疑。他從不遮掩黑桃A，沒必要，行健和米籮一對眼就知道那張牌在誰手裡。我也藏不住，如果不幸被我抓到了，我會覺得腦袋一圈圈發緊，忍不住就用中指的第二個指關節敲腦門。寶來出牌慢，行健和米籮就聊女人，他們倆分別大我兩歲和一歲，但舉手投足在我看來都是風月場上的老手做派，對女人身體部分的熟悉程度簡直到了科學的高度。如果哪天他們倆後半夜沒去打小廣告，一定是去某個地下錄影廳看夜場了。在遇到他們之前，我以為世界上最黃的電影就是三級片，他們說，沒見過世面，是A片！A片知道嗎？就是毛片！說真的，我不知道。他們就笑話我，更笑話寶來，準備湊點錢幫我們找個賣青菜的大嬸，幫我們「破處」。

我把頭低下來，太陽穴開始跳，想起初三時喜歡過的那個女同學。她從南方的某個地方轉到我們班上，高鼻梁，說話總喜歡用牙咬住舌尖。她說的是區別於我們任何一個人的咬著舌尖的普通話。有一天，正是現在這個季節，她學我把運動衫的袖子捋起來，雙手插進褲兜，走在教室後面半下午的陽光裡。因為褲兜裡多了兩隻手，褲子變緊，女孩子的圓屁股現出了形狀。我站在教室裡，隔著窗戶看見她扭頭對我笑一下，陽光給她的屁股鑲了一道金邊。這是我關於愛情和女人的最早記憶，以致此後每次面臨與愛情和女人有關的話題，我頭腦裡都會閃過迅速剪切的兩個畫面，一個高挺的鼻子和一個鑲著金邊的沒能充分飽滿起來的圓屁股，接著我會感到一道灼熱短促的心痛，太陽穴開始跳，我把頭低下來。

上個月的某個下午，在屋頂上注視完一個穿短裙的女孩穿過巷子之後，米籮逼著我講一講「女人」。因為實在不知道講什麼，我說起兩年前的那個女同學，念高中我們進了不同學校，再不聯繫。行健和米籮快笑翻了，差點從屋頂上摔下去。

「這也叫女人？」他們說，「肉！肉！」

在他們倆看來，如果你不能迅速想到「肉」，那你離「女人」就很遠。我知道我離得很遠，我都沒想過要離她們近一點。我只想離我的腦袋近一點，但它決意離我很遠，疼起來不像是我的。

「那你呢，寶來？」行健問。

「臉。」寶來捧著一把牌說。抓到黑桃A後，我們就三面圍剿讓他走不掉牌。「我要看見她的臉才相信。」

這話很費解，沒頭沒腦。看見臉你要相信啥呢？寶來不解釋。我們就當他在瞎說。一個屢戰屢敗的人你應該允許他偶爾說點邏輯之外的話。那局牌寶來顯然輸了，我想放他一馬都沒機會，米籮先走，行健殿後，他讓我走後他再走，以便死死控制住寶來。寶來輸了八張牌。加上之前的四局，除了腳邊的三個空啤酒瓶，他還得獻出來三瓶燕京啤酒和一盒中南海菸，點8的。

「我去買酒。」寶來放下牌。

「不著急，玩完了一塊算。」行健沒盡興。

「行健，說真話，」米籮跟酒瓶嘴對嘴，說，「明天下午一醒來，你有錢了，想幹啥？」

「操，買套大房子，娶個比我大九歲的老婆，天天賴床上。」

「非得大九歲？」我很奇怪。

「嫩了吧？」米籮說，「小丫頭沒意思。得女人，要啥懂啥。」

「我就喜歡二十八的。二十八，聽著我都激動。耶！耶！」

「我要有錢，房子老婆當然都得有。還有，出門就打車，上廁所都打車。然後找一幫人，像你們，半夜三更給我打廣告去。我他媽要比陳興多還有錢！」

「那麼多錢了，還捨不得自己買一輛車？」我問。

「你不知道我轉向？上三環就暈，去房山我能開到平谷去。」

「你呢，寶來？」米籮用酒瓶子敲寶來的膝蓋。

「我？」寶來撇撇嘴笑笑，提著褲子站起來，「我還是去買酒吧。」

「說完再買嘛。」

「很快就回，」寶來看看手錶，「你們抽根菸的工夫。」

「那你呢，小東西？」行健點著右手食指問我，「假設，你有五十萬。」

五十萬。我確信這就是傳說中的天文數字。我真不知道怎麼花。我會給六十歲的爺爺奶奶蓋個新房子，讓他們頤養天年？給我爸買一車皮中南海點 8 的菸？把我媽的齲齒換成最好的烤瓷假牙，然後把每一根提前白了的頭髮都染黑？至於我自己，如果誰能把我的神經衰弱治好，剩下的所有錢都歸他。

「說呀，小東西？」他們倆催著問，「要不把你那個女同學買回家？」

高鼻梁和圓屁股。我心疼了一下，說：「我跟寶來哥買酒去。」追著寶來下了屋頂。

行健和米籮說：「操丫的，沒勁！」

他們比我早來半年，學會了幾句北京髒話。

最近的小賣鋪在西邊，寶來往東邊跑。我問他是不是也轉向，他說快點，帶你跑步呢，跑步能治神經衰弱。我就跟著跑。穿過一條巷子，再拐一個彎，寶來在「花川廣場」前慢下來。這是家酒吧，裝潢不倫不類，藏式、歐式加上卡通和稻草人式，門口旋轉的燈柱猛一看以為是理髮店。我進去過一次，我姑父洪三萬請客，給我要了一杯啤酒。他說不進一回酒吧等於沒來過大城市，不喝酒等於沒泡過酒吧。啤酒味道一般，即使在酒吧裡我也喝不出好來。出了門洪三萬就給我姑姑和我爸打電話，敞開嗓門說，逛了酒吧了，喝了酒了，相當好。

寶來看完自己的手錶問我：「六點到沒？」

我說：「差一分。」

「那再跑幾步。」

我跟著寶來繼續往前跑，繞過一條街回來。跑步很管用，緊得發疼的腦袋舒服多了。我們又回到「花川廣場」門前。

「現在幾點？」

「六點零九分。」

「我喘口氣。」

寶來在酒吧斜對面的電線杆子下的碎磚頭上坐下。胖人多半愛出汗，有點胖也不行。寶來對著下巴呼呼搧風。電線杆子上貼滿了治療性病、狐臭、白癜風、夢遊和前列腺炎的廣告，所有野醫生都說自己祖上是宮廷御醫。能看的我全都看完了，六點二十，我想咱們得去買啤酒了。寶來說好，繼續往西走，他堅持要到西邊那個超市買，理由是現在離超市更近。簡直是睜眼說瞎話，至少多走三百五十米。從超市出來我們再次經過酒吧門口，我忍不住了：

「哥，我怎麼覺得咱倆像兩隻推磨蟲，老圍著『廣場』打轉？」

「我就看看。」寶來熱得臉紅，「你猜我掙大錢了要幹什麼？」

我搖搖頭。這些年除了考大學我對任何目標都沒有概念。

「開一個酒吧，花川廣場這樣的。牆上可以寫字，想寫什麼寫什麼。」

這麼一說我倒想起來了，「花川廣場」的牆上亂七八糟，塗滿了各種顏色的文字和畫。這是我進過的唯一一家酒吧，但我看過不少酒吧，電視上的，電影上的，牆上都掛著畫和飾物，裝潢得乾淨整潔。上次我和洪三萬貼著牆坐，一歪頭看見壁紙上寫著：老H，再不還錢幹了你老婆！接下來另一個筆跡答道：去吧，我剛娶了一頭長白山約克豬。斜上方寫：哥們兒姊們兒，想喝羊肉湯找我啊，我是小桌子啊。反正上面五花八門啥都有，還有人畫連在一起的男女器官，你在公共廁所裡經常看見的那種。我不喜歡把一面牆搞成亂糟糟的演算紙。

回到屋頂，我把寶來的理想告訴行健和米籮，他們都笑了。

「可以啊，寶來，」行健說，「準備過首都生活了都！」

米籮說：「兄弟，我舉雙腳贊同。不過，咱們去喝酒可不能要錢啊。還有，我要在牆上畫一堆大白屁股。」

「還有人民幣！人民幣別忘了！只畫老人頭，一遝就是一萬。」

接著捉黑A。見了鬼，寶來每局必來黑桃A，然後給我們倒酒遞菸。喝酒抽菸嘴也不閒著，就說寶來要開酒吧的事，好像已成定局。說多了我們反倒佩服起寶來的想像力來，這事做得文雅，我們都把想像中的錢用俗了。

行健突然說：「我說寶來，你哪根筋搭對了要開個酒吧？」

「圖個人多熱鬧，玩唄。」

米籮說：「那你也沒必要讓人家在牆上亂畫嘛。」

「等不到的，找不到的，留著地址啥的，就當通訊錄了。挺好。」

原來如此。北京太大，走丟的人很多，留個地址很重要。想法的確不錯，都不像寶來想出來的，我們都小看了他。顯然寶來把談話的基調弄嚴肅了，行健和米籮不談女人和錢了，端著贏來的啤酒在屋頂上走來走去，目光深沉地伸向遠方。太陽落盡，天色將暗，高樓在遠處黑下來，很快又亮了，由遠及近燈火次第點亮。北京的夜晚開始降臨，城市顯得更加繁華，他們倆開始焦慮了。除了女人的大腿和抽象的錢他們還想別的，我完全可以理解，他們在心底裡把這「別的」稱為「事業」。當然這個詞有點大，他們羞於出口。據我瞭解，行健和米籮儘管一肚彎彎繞繞，他們依然不明白自己的事業是什麼，不過是一個抽象的宏大願望和一腔「幹大事」的豪情，這兩個初中畢業生並不比我明白更多。但就算是這樣，脫胎換骨和「幹大事」的衝動也足以讓他們深沉下來，就像現在，一手掐腰一手端著啤酒，嘴上叼著菸，都有點憂傷了。

「操他媽，早晚我要在亮燈的那棟樓上拿下一層！」米籮說，指著遠處的不知哪棟高樓，那口氣像是聯合國祕書長在對全世界發言。

「混不好，死在這裡也值！」這是行健說的。在我看來，行健的頭腦沒有米籮好使，米籮平時附和他僅僅是因為他塊頭更大，寬肩膀沒準能替他擋點事。

天徹底黑了，巷子裡的路燈光不足以讓我們看清每一張撲克牌。成群的鴿子開始回家，鴿哨呈環形響起來，混濁的夜空因為鴿哨變得清澈和深遠。我們也該吃點東西準備幹活兒了。

我拿著山芋印和蘿蔔印，寶來拎著墨水和一塊海綿，我們再次經過「花川廣場」。看見那個理髮店式的旋轉燈箱我才意識到，近一個月來我們每天都從這裡經過。之前走的那條路上有驢肉火燒店和羊肉泡饃店，吃完了走幾步就是公車站，隨便搭上一輛就可以進市區。寶來還是個一聲不吭的有心人，我都打算好好佩服他一下了，第二天發現完全不是這麼回事。

快六點鐘，他又從屋頂上下來去買啤酒，我主動跟上，為的是活動一下我脆弱的神經。我被迫對跑步上了癮。我們氣喘吁吁地跑過「花川廣場」，他慢下來，人往前跑腦袋往後轉，幾乎轉過了三百六十度，他透過玻璃牆往酒吧裡面看。買完啤酒回來，他還看，跑過了酒吧他停下來，抹著汗珠問我：

「你看見靠牆趴著的那人是長頭髮還是短頭髮？」

「哪一個？」

「就是靠著門右邊玻璃牆的那個。」

我還是沒印象。我就沒朝裡看。

「幫我看看，就看頭髮長短。」

我走回去，果然看見一個女孩歪著頭趴在桌上，看不見臉，甚至頭髮的長短一下子都辨不清楚。酒吧裡亂糟糟的，傳出來搖滾音樂和男男女女驚乍的叫聲。她可能睡著了，一動不動。我在電線杆子底下撿了塊小石子，控制好力度拋向玻璃牆，那女孩轉一下腦袋。長髮，至少不算短。我告訴寶來。寶來說哦，因為失望臉陡然變長了。

「你在找人？」我問。

「她短髮。」

「誰？」

「不認識。」

「不認識你找人家幹嗎？」

「要買四瓶的，怎麼只拎回來三瓶？」

神經衰弱再厲害我也明白寶來有問題了，竟然喜歡上一個不認識的女孩。我想笑，最後終於沒忍住笑出來。我說你開酒吧就伺候一個人啊？

「別笑，」寶來臉都紅了，「別跟行健和米籮說。一點兒口風都不能漏。」

「那你得說實話。」

寶來呱唧幾下嘴，替哥保密啊。他也不敢肯定那就是喜歡，反正看見她第一眼，他聽見身體裡有根軟骨咯嘣響了一聲，就像小匕首入了鞘。你看見一個人發呆時會突然心疼和難過嗎？寶來停下來問我。我晃一晃酒瓶子示意他繼續講。三十天前的一個下午，大概就現在這個時間，他在酒吧斜對面的報亭裡給我姑父回電話，一扭頭看見靠玻璃窗的座位上坐著一個短頭髮的女孩。那個下巴有點尖的女孩在腰桿挺直地發呆，面前是一瓶啤酒，啤酒瓶旁邊是一杯帶吸管的紅色飲料，可能是西瓜汁，也可能不是。那是純正的像雕塑一樣的發呆，從她空洞的眼神裡寶來可以斷定她什麼都沒看見。她就那麼挺直地坐著，像聽課一樣。寶來無端地覺得她很難過，她的坐姿證明了這一點，她皮膚白得單薄。寶來就聽見了自己身體裡傳來咯嘣一聲，像小匕首入了鞘，心疼了一下。除了這一下心疼和因為聽電話走神被我姑父訓了兩句，這事到此為止。

即使隔天第二次打電話時看見她，他也不認為會和自己有什麼關係。不過是小匕首又入了回鞘。到第三次，因為下雨，他去大超市幫我們買雨傘，又看見她。這次我記得，我們在屋子裡打牌打累了，想出去吃飯又沒有傘，打小廣告時經常順手丟了雨傘，行健和米籮說今天就不輸菸和酒了，跑個腿吧，買雨傘。寶來經過酒吧，那女孩換了一件金黃色的衣服坐在同一個位置。他莫名其妙地又難過了一下，照理說金黃色衣服配白皮膚，襯得人歡欣和精神，為什麼偏偏穿在她身上就顯得憂傷呢。那天她的腰桿沒那麼直，發呆的方向也發生了變化，扭著身子透過玻璃往雨地裡看。穿過雨簾和布上水氣的玻璃牆，寶來看見她用右手食指和中指夾著一根細長的白色香菸。她把眼前的那一塊水氣擦得很乾淨，寶來在經過她的一瞬間撞上了她的眼神。寶來當時的感覺是，正打小廣告時看見了員警，腳下一哆嗦差點倒在雨地裡。

此後寶來留了心。說不明白為什麼，一到下午六點他就覺得身上藏了把小匕首，得讓它入鞘；就像我在四五點鐘準時心悸一樣。他從屋頂上下來，找各種藉口，一溜小跑過來看看，僅僅是看看。那女孩真是個好顧客，六點左右基本都坐在玻璃牆前，一個人。她交替著做相同的事，發呆，抽菸，喝酒，喝飲料，腰桿挺直或者稍稍有點彎，個別時候也會趴在桌上，不知道睡沒睡著。

怪不得我頭一疼他就帶我跑步，也不單是為了我好啊。掐指一算，我跟他圍著酒吧至少跑了十次。我也就是個頭腦出了問題的燈泡。

「然後呢？」

「你都知道了，她已經三天沒來了。」

「她認識你了？」

「不知道。」

我又笑起來，我的哥呀，你還不如行健那樣沒事想像一個二十八歲的女人更靠譜。我敢說，要是我把這事跟他們倆講了，寶來不僅是個傻子，還得是個瘋子。一見鍾情我聽說過，但隔著道玻璃一見鍾情我還是頭一回聽說。寶來哥啊。

「我沒想怎麼樣，」寶來的臉都紫了，「真的。我就有點擔心她。」

好吧，反正吃飽飯也沒事幹，你就瞎操心吧。可是，這心也操不上啊。我倒想見見那女孩了，得多憂鬱和悲傷的姑娘才能讓寶來如此放心不下。

一連十天，我頂著神經衰弱和巨大的好奇跟寶來圍著「花川廣場」長跑。跑步對頭疼和頭緊療效甚好，但對好奇毫無幫助，那女孩就沒露過面。如果碰巧那位置上坐了一個年輕女孩，即使寶來已經確信不是，依然要讓我再去驗證一下，他不放心。這一天我跑得渾身大汗，頭腦異常清明，不得不懷疑世上是否真有那麼一個寶來正操心的人。

「有，真有，她就坐坐在那個位位子子上，」寶來恨不得把嘴咧開來證明此言不虛，但他手指的地方此刻坐著的是一個留著長頭髮的男人，「你你也不相信信我？」

看在都結巴了的分上，我決定再堅持幾天。反正看到看不到她我都得跑步。

一晃又是五天，啥也沒看到。我決定跑步只為了治療神經衰弱，我就不該對這世界充滿好奇。寶來因為大運動量變瘦了，臉皮有點洩，看起來日甚一日地絕望。他安慰他自己和我，她沒出現說明一切都好，這是好消息。我出於習慣反駁他：為什麼就不可能是個壞消息呢？他立馬有點蒙，揪著肥厚的大耳垂拚命拽。他的大耳垂一直是我爸媽羨慕的對象，我媽想起來就跟我說，你要有寶來那麼大的耳垂就好了。耳垂大有福，佛祖都耳大垂肩。我懷疑寶來的耳垂是拽大的，我要這麼拽法，不會比他的小。寶來扶著電線杆子拽了有十分鐘，終於一咬牙一跺腳，對我說：

「哥求你件事，幫我進去問問，那女孩是不是出事了。」

我？愣頭青似的跑進去，我問誰呀我？人家還以為我有毛病了！

「哥就求你這一回。過年回家哥幫你買火車票，半夜就去排隊！」

這個條件貌似不錯。春節附近你想在北京買到張火車票，難度不亞於考北大的研究生。這是一個想辦假北大碩士畢業證的哥們兒說的。我推開門進了酒吧，徑直走向吧臺。服務員小姐問我喝什麼，我說找人，指著玻璃牆旁邊的那個座位問她，我想知道經常坐在那裡的短頭髮的女孩去哪裡了。

「她呀，不清楚，好久沒來了。您是她朋友？」

「哦，那謝謝了。」

我出了酒吧。寶來說：「你問出她叫什麼名字了嗎？」

「你沒讓我問這個。」

「再問問。哥一會兒請你吃肯德基。」

我又進去。服務員小姐也不知道那女孩叫什麼，他們從來不登記顧客姓名。我轉身要走，她提醒我到那座位旁邊的牆紙上看看，沒準有收穫。我湊過去，越過一個三十多歲的光頭男人肥厚的肩膀看到與玻璃牆相接的牆紙上有兩行女孩子纖弱的筆跡：如果你天黑也不想回家，告我一聲。署名「立正坐好」，後面是拷機號碼。我問服務員小姐，是「立正坐好」嗎？她說可能是。借了紙筆讓我抄下了號碼。

寶來拿到紙條，信誓旦旦地說一定是她。是因為她總是挺直腰桿坐好，而且總是天快黑時才跑出來？如果寶來不是直覺很好，那就一定是他頭腦混亂。不管他了，趕快去肯德基。

「立正坐好」的拷機號碼寶來一天到晚裝身上，其實沒用，他不敢呼叫這個號。我慫恿過很多次，我說你在電話裡說你天黑也不願回家不就行了？還是不敢。有一次電話都拿起來了，他卻像得了帕金森似的直哆嗦，按了兩個數位趕緊掛電話。汗都憋出來了。還有一回我主動要求幫他呼，幫他出力還得鼓勵他半天，快撥完號時他還是生生地摁了電話。為此寶來也很受折磨，見不到人又不敢聯繫。從那以後我們依然每天經過酒吧，依然每次都看不到，簡直是人間蒸發。

長此以往，寶來傻倒不會傻，可能會瘋。我轉而打擊他，先斷了他的念想再說。人家沒準是北京女孩，哪個北京姑娘會嫁給一個外地窮小子？還是幹這行的。別惦記了。寶來犯了錯誤一樣低下頭，支吾說他沒想怎麼著，就是擔心，他覺得人家狀態不對。我說你可真是鹹吃蘿蔔淡操心，我還覺得你狀態不對呢。他就說，你還小，不懂。好吧，這些狗屁邏輯，我懶得懂。

生活繼續。我們打小廣告、捉黑A、跑步，像推磨蟲一樣圍著酒吧打轉。又一個月，傍晚我們跑步經過酒吧，寶來瘦多了，我的神經也一點點強壯起來，他忽然說：

「我呼了。」

我沒聽明白。

「我呼了她的拷機。」

我等他的結果。

「停機。」

我站住，扶著電線杆子直喘氣，有種猝不及防的失重感。儘管不再說起「立正坐好」，儘管那張紙條裝在寶來身上，我卻覺得我的口袋裡越來越沉，繞著酒吧跑一圈它就加重一分，把我的腰也墜彎了。我們的生活單調乏味，除了員警、錢、抽象的奮鬥和野心以及逐漸加劇的鄉愁，「立正坐好」是我們生活中最重大的事，寶來和我的。我看著寶來因為擔憂、掛念和鍛鍊從一個胖子變成了結實的瘦子，看著和我一起出沒於北京大街小巷的善良哥哥在轉過頭去的一瞬間憂鬱爬上了他的臉，我都覺得那個已經不存在的「立正坐好」如此嚴重地每日如影隨形。我沒見過的人，一個寶來也只隔著玻璃看過幾次的人，能重要到這個程度嗎？看來可以，我必須扶住電線杆子才能確保身體平衡。我說：

「寶來哥。」

他咧咧嘴，還不如不笑。「沒事，再跑一圈。頭疼好點了？」

於是不再提。我還是個神經衰弱患者，寶來還是個傻呵呵的哥，幹活兒、睡覺、打牌、紙上談兵地說夢想和女人，我們越跑越快。

深秋的下午，天已經有點涼了，滿城的黃葉開始飄落。起床後我們爬上屋頂剛開始打牌，拷機響了，是我家裡的號。我媽想我的時候就會呼我。我扔掉撲克牌去報亭找公用電話。和我媽說到一半，我匆忙掛了電話。一個短頭髮的女孩腰桿挺直地坐在玻璃牆內抽菸，就那個位置，臉側轉向外，眼神縹緲得像剛吐出來的煙霧。我一點都沒懷疑她就是「立正坐好」，來不及等報亭老闆找我零錢就往住處跑。遠遠地，我就朝屋頂喊：

「寶來哥，下來！寶來哥，快下來！」

寶來不敢確定我是否看對了人，但還是跟我一起往酒吧方向跑。剛進那條街，我就看見三個穿一身牛仔衣的男人把那個女孩從酒吧裡拽出來，其中一個光頭，一個板寸，一個梳著中分的漢奸頭。女孩顯然不願跟他們走，身體一個勁兒地往後坐，一隻手抓住酒吧門不放。光頭個頭不高，但很強壯，攥著女孩的手腕疼得她不得不把手鬆開。我們跑到酒吧門口，那女孩已經被架著拖離了酒吧門，兩隻腳垂在地上，腳尖緊繃企圖鉤住地面。兩隻腳劃過，破損的柏油路面上什麼痕跡都沒留下。

女孩在叫：「我不去！放開我！求求你們了，我不想去！」

沒人理她。酒吧裡門關上後，什麼聲音都聽不見，誰也沒有出來。寶來對著他們喊：「放手！你們放手！」他跑得沒我快，但最後衝在了我前面，衝上去就去拉板寸的胳膊。「放開她，你們不能欺負一個女的！」我抓住了漢奸頭的胳膊，被他一胳膊肘撞到了下巴，摔倒在地上。寶來已經拉開了板寸的手，但是他們三個人，對付我們倆綽綽有餘。那女孩嚇得抱著腦袋蹲在地上大哭，逃跑都忘了。我從地上爬起來，寶來已經被板寸和光頭扔到了地上。

「跑啊，快跑！」寶來喊。

女孩沒動靜，我也沒動靜，我有點回不過來神，長這麼大從來沒有打過這種架。

「跑！快跑！」寶來又喊，「叫行健和米籮！」喊到最後聲音都變了，出不來，他的後背上踩著兩個人的腳。我想上去幫他，被漢奸頭絆了一跤，下嘴唇磕到了路上。

「快跑！」

我爬起來才開始跑。漢奸頭根本追不上我，我覺得我越跑越快，秋風從腋下穿過如同長出了兩扇翅膀。跑的時候我甚至有些得意，我可以越跑越快，越跑越快，越跑越快，只有腳尖點地，身體輕盈得像在使用《天龍八部》裡的凌波微步。我想這可能是我這輩子跑得最快的一次。我用最快的速度把行健和米籮叫過來，他們每人手裡拎著一張小板凳，一路罵罵咧咧，說我們可以掙不到錢，可以過不上好日子，但我們不可以被欺負。儘管快得要飛起來，還是晚了，我們跑到酒吧門口，只看見寶來一個人歪倒在電線杆子下面。三個人和那女孩已經沒影了。寶來的額頭在往下流血，他們一定拿他的腦袋撞過電線杆，一張治療十二指腸潰瘍的廣告上染了一團血。

我抱起寶來的腦袋，叫寶來哥寶來哥，我就哭了。行健和米籮很遺憾沒能打上一架，一邊一個坐在小板凳上看著我們。我對他們吼：

「豬啊你們？打電話叫救護車啊！」

他們倆大眼瞪小眼：「救護車？怎麼叫？」

「一二〇！」

街上一個人沒有。酒吧的門關著，我看不見裡面有多少人，沒有一個人出來。寶來緩慢地睜開眼，扯動一下嘴角說：「是她嗎？」然後眼睛又閉上了。

這是寶來作為清醒的正常人說的最後一句話，也可能是他這輩子作為清醒的正常人說的最後一句話。

醫院的診斷結果是，嚴重腦震盪，腦子裡的某些東西完全被撞亂了。也許可以治好，但要花很多錢，基本上是個無底洞。寶來父母來了北京，老兩口說就是把人賣了也湊不出醫生要的那個數。我姑父洪三萬給了一萬，那時候一萬不是個小數目。我姑父出了病房就哭，疼得揪心，見人就說我掙這點錢容易嗎，又不是工傷。寶來父母這輩子一次性見過的最大的錢也就是這一萬塊，他們沒什麼好說的。那三個人沒抓到，那女孩也沒找到。我前前後後錄了好幾次口供，想起任何一點細節我都告訴員警。一個年輕的男員警對那女孩很好奇，問我是否肯定她就是「立正坐好」。我想起寶來在電線杆子下說的最後也是唯一的那句話，我絕望地搖搖頭。此後的很多年裡，我做夢都希望自己能夠肯定。

凶手沒抓到。這樣的案子幾乎從來破不了。治療一段時間後，寶來被接回花街老家。一天有三分之二的時間昏昏沉沉，最清醒的時候脖子底下也得圍一塊毛巾，口水從歪斜的嘴角源源不斷地流下來。

寶來的事情讓我們沉默了很長時間。那一天樹葉光禿，枝頭一絲風都沒有，初冬的陽光無邊無際。下午起來後米籮陡然有了興致，一個人上去下來好幾趟，把屋頂掃了，桌子和板凳都搬上去，收拾停當讓我和行健一起捉黑A。每個人都想把氣氛調動起來，但幾句話之後復又沉默著抓牌了。滿手的撲克牌，一張張往外出，誰都不知道黑桃A去了哪一家。沒了寶來，猜不出來了。一直打下去，直到所有牌都出完了都沒看見黑桃A。

「怎麼會呢？」米籮嘟囔著，「我數過牌了，一張不少，明明看見黑桃A的。」

三個人一起找，桌子底下、板凳底下、衣服兜裡、屋頂上，所有地方都找了，就是沒找到黑桃A。見了鬼了。行健和米籮狐疑地看我。我雙手一攤，嘩的淚流滿面，好像我等這些眼淚已經等了很久了。我決定立刻下去給家裡打電話。

還在酒吧斜對面的那家報亭，陽光曬得報紙和雜誌的頁角卷起來。我對著電話說：「我想回去念書。」

我媽說：「頭還疼嗎？」

「疼。」

我聽見我媽對我爸說：「兒子還想念書。」

我爸說：「頭疼念啥書！」

「我可以跑步，一天跑三次。」我說，依然是淚流滿面，「我不想待這裡了，一天都不想待了！」

我媽說：「兒子，那就回來。」然後她對我爸說，「我說回就回，那可是咱親兒子。」

我爸接過電話說：「說好了，要念就念到底。」

我說：「我念到底。」

二〇一〇年四月三日，知春里

輪子是圓的

這世上的所有事情，咸明亮都可以用一句話打發：輪子是圓的。輪子是圓的，所以別管了。只能那樣了，輪子是圓的嘛。好，沒問題，就那麼來，因為輪子是圓的。隨便你們怎麼辦，反正輪子是圓的。你說那輪子？修好了，輪子總歸是圓的。

——不必再舉例了，他言必稱「輪子是圓的」，已經成了口頭禪，就像有些人開口之前要慢悠悠地「呃——」一聲一樣，不管需要不需要，大多數時候沒有實際意義。輪子。輪子。輪子輪子。因為他是個開車的。

我認識咸明亮的時候，他就是個司機。那時候，花街上的男人多半不跑車就跑船，包括倒插門來的。二十四歲那年，他從運河下游的鶴頂倒插門進花街，做船老大黃增寶的上門女婿。老黃的女兒嫁過人，有個兩歲的女兒，丈夫跟老黃跑船時死了。死得莫名其妙，就站在船頭抽菸，老黃喊他進艙吃飯，他扭了一下頭，就像根木棍似的斜斜地落進水裡，撈上來已經沒氣了。這個丈夫也是倒插門來的，老黃對他很好，準備幹不動了就把船交給他。但他命薄，一百七十斤的大塊頭扭個頭就死了，都不商量一下。老黃獨女，非得招個上門的傳宗接代，他一輩子掙下的那條船也得傳下去，給別人他不放心。咸明亮來花街是學車的，整天跟在老司機陳子歸屁股後頭，跑長途的時候他來開，讓陳子歸歪到副駕座上打瞌睡。他喜歡一個人操控解放牌大卡車的好感覺。

咸明亮不開車時整個人晃晃蕩蕩，手插口袋像個害羞的二流子。一年到頭穿著同一樣式的黑色太子褲，屁股肥大，褲腿到小腿處突然收緊，他又喜歡把褲子吊在胯上，所以我總覺得他的褲子隨時可能掉下來，見到了就想幫他提一下。他跟花街上所有人都打招呼，跟每個小孩都問同樣的問題：「喂，小夥子，知道輪子是圓的嗎？」單調的遊戲他也能玩得上了癮。如果知道，他就給你一塊糖；如果不知道，他也給你一塊糖。那天他在花街上和老黃的兩歲孫女玩，拿一塊糖問那孩子輪子是扁的還是圓的，從東邊來了一個算命先生。

那些年常有算命先生走鄉串戶地掙錢，聽說瞎子最靈驗，但那天來的不是瞎子，他會算，會摸骨，還會看面相和手相，所以不能是瞎子。四周立馬圍了一大圈人，花街上忙人多，閒人更多。為了證明自己靈驗，算命先生捏著山羊鬍子（好像所有算命先生都留這一款鬍子），隨口就點出面前幾位的身世。孟彎彎，一臉五穀相，應該是個賣米的。藍麻子，雖然臉上不太平，那眼神和笑平和軟弱，可能是個做豆腐的。馮半夜，那一臉殺氣，握拳時候有爆發力，肯定是屠夫。丹鳳，他看了看丹鳳，措辭半天才說，以後一定能找到靠得住的男人。他已經看出來丹鳳是個半夜開門做男人生意的那種女人。

花街上走南闖北的人很多，有人知道不少算命先生其實沒半點兒道行，不過是提前通過某種途徑打聽到此地一些人物關係，然後覆述出來做個障眼法而已。取信之後就可以順嘴瞎蒙，上天入地亂扯，錢就全來了。所以有人就指著咸明亮，讓算命先生看上一看。咸明亮家在鶴頂，料想算命的做不了如此周詳的功課。

算命先生圍著咸明亮和老黃的孫女轉了兩圈，揪著鬍子說：「不對啊。這年輕人分明沒成家，可這孩子卻又是他閨女，而且不是親生的。這關係我也糊塗了。」

大家調笑著準備散掉，這咸明亮和老黃家，這是哪跟哪呀。果然露了馬腳。正好老黃女兒出門倒洗衣水，算命先生指著她說：「他們倆是一家！」

大家更笑了，對咸明亮說：「明亮，還不幫你媳婦潑水去。」

咸明亮臉上的紅一直蔓延到肚臍眼，但他笑麼兮兮、晃晃蕩蕩地說：「只要她答應做我媳婦，我就潑。就不信輪子不是圓的。」

「你們看著，他們肯定是夫妻。」算命先生把布包甩到後背上，繼續往前走，「下次我還來，他們倆不成你挖我兩隻眼當鵪鶉蛋炒著吃。」

等算命先生三個月後再來，咸明亮已經到黃家入贅十天了。就是因為算命的一句話。老黃從水上回來，聽說後招咸明亮見一面，就定了。咸明亮在鶴頂只有一個後爹還在，天大的事情他也可以一個人作主。管他倒插門不倒插門，反正都是做男人，還不費力氣賺了個爹當。這一回算命先生的生意好得不行，在石碼頭上運河飯館裡坐鎮兩天，花街、東大街、西大街和南大街的人都來了，攥著錢讓他算。我爺爺也相了一次面，算命的說我爺爺大福之相，孫輩必出大才。那時候我剛念初中，的確成績不錯。我爺爺問，能考上大學嗎？算命先生說，豈止大學！我爺爺高興壞了，人家要一百五十塊錢，他給了兩百。

不過幾年後我沒能如算命先生預言的那樣去考大學，而是去了北京。高三那年我十七歲，因為神經衰弱退學了。看不進去書，睡不著覺，整天頭腦像被念了緊箍咒，一圈圈木木地疼，如果繼續待在學校裡我會瘋掉。所有同學都在苦讀，要去擠那一根獨木橋，我只能像個遊魂在校園裡四處晃蕩，完全是個神經兮兮的局外人。有一天我找了個沒人的地方大哭了一場，然後回宿舍收拾好行李回家了。我跟家裡說，就是去死我也不念了，念不動。父親不明白看上去好端端的腦袋怎麼會出問題，那好，你不是圖清閒嗎，跟你姑父去北京幹雜活兒，掙一個算一個，順便養養你那古怪的腦袋。我就跟洪三萬來到北京，在海淀區西郊的一間平房裡住下來。那地方真是西郊了，跟在農村差不了多少，不進城的時候，要看北京我就得爬到屋頂上往東看，北京是一片浩瀚的樓房加霓虹燈的熱帶雨林。

具體地說，我幹的是貼小廣告的活兒，替我姑父洪三萬幹，他是個辦假證的，我和寶來負責給他打廣告，把他的聯繫方式最大限度地放到北京城裡，想辦假證的就可以按照廣告上的聯繫方式找到他。寶來二十出頭，來得比我早，我們住在同一間平房裡，上下床。這間屋裡還有一個上下床，住著行健和米籮，他們倆幫陳興多貼小廣告，都比我大一點。關於他們，我在一個叫〈屋頂上〉的小說裡說得比較詳細，可以參見。現在要說的，是上面提到的咸明亮。

「嗯，輪子他媽的只能是圓的。」

幾年以後聽到這句話，我的耳朵動了幾下。當時我和寶來正在平房附近的驢肉火燒店裡吃晚飯。沒有人能說出這句格言，連聲音都這麼搖搖晃晃。我轉身看見咸明亮和一個兩手烏黑油膩的胖男人坐在另一張桌上。咸明亮理了個三七開的小分頭，穿的不再是過了氣的太子褲，而是牛仔褲。後褲腳被鞋子踩爛了，我斷定他的牛仔褲也是一樣鬆鬆垮垮地吊在胯骨上。咸明亮甩著兩隻手在講話，兩隻眼皮耷啊耷的，嘴角往右邊斜著輕輕地笑，啤酒喝多了的樣子。他把左腿搭到另一張圓凳子上時看見了我和寶來，說：「呀，你們呀！」站起來就往這邊走。

兩手油膩的胖子說：「喂，咸明亮，那咱們就說定了。」

咸明亮擺擺手，說：「不說了嘛，輪子就是個圓的。你得把我這兩個小兄弟的晚飯請了。」

「沒問題。」胖子說，「老闆，再給他們加三瓶啤酒、六個火燒，夾肥腸的！」

咸明亮想到胖子的汽車修鋪裡幹活兒，四瓶啤酒、六個火燒和三盤拍黃瓜，事情就談成了。主要是咸明亮手藝好，要價又低。明天就去上班。在此之前，他剛到北京時，給一個辦假證的幹活兒，招攬做假汽車牌照的活兒。他只攬到了十個生意，老闆就進去了。幹這行總是這樣，不定哪天就進去了。幸虧咸明亮跑得快，要不可能也得被捎帶進去。他已經餓了兩天才找到現在這個胖子修車鋪老闆。

來北京之前他在監獄裡，蹲了四年。出了車禍，他把人軋死了。

倒插進老黃家後，老黃一度想讓他改行，學著跑兩年船，接下來就可以當船老大了。那時候老黃就可以退休在家抱抱孫女，最好還能有個孫子，這得咸明亮努力。咸明亮拒絕了，除了這件事之外他一概聽老黃的。花街上的人都誇咸明亮，就是個親生的兒子也未必這麼言聽計從，老黃值了。咸明亮堅決不改行，從小他就想開車，沒汽車時他騎自行車、開摩托車，無償幫別人開手扶拖拉機，後來跟定了陳子歸，終於成了司機，可以每天對著車輪子告訴別人，輪子是圓的了。

「我懶得跟他們爭，」咸明亮說起他的溫順，笑瞇瞇地說，「說啥我就幹啥。又不是殺人放火，操那份心幹嘛。能開我的車就行了，輪子是圓的，你說對不對？」

他的婚後生活很幸福，起碼看起來如此。他對白賺的兩歲女兒很好，跑完長途回來就給她帶好吃的，那孩子叫他「爸爸」跟親爹一樣親。大家都覺得咸明亮已經成了花街人了，他出了事。

這些年他老覺得那車禍不應該是法庭判決的那樣，因為受害人在死前的確一再求他：「兄弟，求你給我個痛快。我一絲一毫都不想活了。兄弟，來吧，我化成灰也會記得你的。」化成灰也會記得他，咸明亮覺得挺瘮人。於是受害人換了說法：「兄弟，你就倒倒車，死了我也要感謝你。」咸明亮想，成人之美，不算大惡吧，就兩腿哆嗦著上了車，打了倒退，他聽見那人這輩子最後一聲歡呼。

這種事只能出在晚上；對他這麼好的車技來說，也只能出在岔路口；還得是他喝多了的時候。那天的確喝高了，安徽天長的黃昏時吹進駕駛室的風他能聞出一股香味，那個黃昏真是漂亮，車跑起來像在飛。暮色從大地上升起來，像摻過水的墨滴到了宣紙上，嘩啦全世界就灰黑下來。「沒有比這時候開車更舒坦的了，」咸明亮對那個黃昏依然懷念，「然後就到了那個岔路口。輪子為什麼是圓的呢。」他的臉色開始變，嘴唇抖了兩下。然後天就黑下來了。從右前方的岔路上衝過來一輛自行車，咣——等他煞住車，車已經從自行車上過去了。

咸明亮從車上下來，聽見有人在叫喚，立馬明白這就是傳說中的車禍。他以為自己這輩子都不會撞上車禍。在卡車後頭五米遠，一個人和他的自行車躺在一起，都變了形。自行車的後輪子還在艱難地轉動。那個人痛苦地跟他說：「兄弟，給個痛快的。」

咸明亮渾身抖起來，說：「我送你去醫院。」

「我不想去，你讓我死就行了。」

咸明亮懷疑自己聽錯了，硬著頭皮走上他跟前，那是個瘸子，旁邊還有一支木拐。很難想像他是如何騎上自行車的。不過現在他已經成了癱子，車輪子從他的兩條大腿輾過。

「我送你去醫院。」

「我不去，你看我都這樣了。」他斷斷續續地說，就算很想死，疼痛他也難以忍受，「我在路口等你很久了。你倒倒車，就當幫幫忙。」然後他開始求咸明亮。

咸明亮當時肯定也嚇暈了，竟然同意了。他讓我幫幫忙，我只能答應。我倒車時從裡到外都在抖，全身每個地方都在出冷汗，手指甲、腳趾甲都在出，真的，你們一定要相信我，輪子無論如何也是圓的，車往後退五米、六米、七米，我聽到一聲大叫，跟歡呼一樣。我繼續往後倒，讓前面的輪子也經歷一遍。我不知道他為什麼非要死，但他那麼想死，我只好照辦。然後我把車停下來，渾身水淋淋地坐在路邊，等下一輛車過來。十分鐘後來了一輛摩托車，我給了那人十塊錢，說：

「大哥，幫個忙，找電話報個案，就說我在這裡等著他們來。」

該說的都說了，戴大蓋帽的就是不信，他們測出咸明亮喝了酒，更不信了。不信他也沒辦法，該怎麼辦就怎麼辦。無論如何的確是他把人給輾死了。在法庭上，他們問，你服不服？咸明亮說，說了你們也不信，那我只能服了。輪子是圓的嘛。

「你說什麼？」他們問。

「我說輪子是圓的。不會錯的。」

他們說：「神經病。押下去！」

因為表現好，五年的刑期四年就出來了。他也不知道自己表現好不好，反正讓他幹什麼他就幹什麼，其他時間他就歪靠著牆打盹兒，清醒的時候想想車，從整體想到局部，再從局部想回去，把每一個零件都揣摩了無數遍。最後一年他得到一個機會，給監獄裡修車，這是他最快活的時光，為了能把時間盡可能多地耗費在車上，他總是修好這裡的同時再弄壞那裡，這樣他就可以像上班一樣輪流修監獄裡的各種車輛。沒汽車可修時，修手推車他也很開心。出來時獄警還誇他，小夥子，修得不錯。

回到花街他發現事情起了變化，家裡突然多出了個一歲的兒子。如果這小傢伙現在三歲多，他基本上還能理解，但是只有一歲，這就很意外。不過輪子說到底是圓的，世界上不存在想不通的事，想不通是因為你不願仔細去想。咸明亮不願仔細去想，但顯然也想明白了。老黃在另一間屋裡和他僱的一個船員在沉默著抽菸。老黃的女兒懷抱一歲的兒子坐在咸明亮對面，她說：

「你要不想認下這個兒子，你也可以離婚。」

咸明亮摸著他的光頭說：「你想讓我認還是想讓我離？」

「隨便你。」

「那就是想讓我離了。」咸明亮站起來，走到院子中央對另一間屋說，「我這就走，你可以插進來了。」

那個抽菸的船員咳嗽一聲，表示由衷的感謝。他把匕首扔到地上，白準備了。

我和寶來在驢肉火燒店裡遇到咸明亮。因為出過車禍，又進過號子，咸明亮在我們那裡找不到車開，沒人僱他。陳子歸幫忙說情也不行。這一行有很多忌諱，跑路時不能軋著別人衣服，見到死貓死狗得繞著走，不吉利。出車禍沾上了人命乃是不吉利中的尤不吉利者。我看到的新人咸明亮，已經從光頭變成了分頭，渾身上下唯有頭髮上了一點兒心。把頭髮留長，為的是每天早上梳頭時，能對著鏡子看自己幾眼。這是一個獄友跟他說的，一定要每天看看自己，想想自己需要什麼，稀裡糊塗混日子不好。

寶來問：「明亮哥，那你知道你需要啥？」

「我要知道就不照鏡子了，我就剃回光頭去。」

我說：「你需要輪子是圓的。」

「屁，」咸明亮說，「你不知道輪子是圓的？」

我也不知道我知不知道。我會說「輪子是圓的」並不意味著我就知道輪子是圓的。

咸明亮晚上沒地方住，希望能跟我們湊合一下。我沒問題，可以把床騰出來給他，我跟寶來擠一擠。寶來胖，但我瘦。加上衣服和鞋子我也不會超過九十斤。

喝多了啤酒，天快亮時咸明亮被尿憋醒了，去廁所時看見我和寶來在上鋪像神仙一樣坐著。不僅我們倆，行健和米籮也睜著眼躺在床上。「你們在幹嗎？」咸明亮問，「集體練氣功？」

「睡不著。」我說。

「有人在放炮！」行健翻了個身。

「放炮？個小鱉羔子！嫌我打呼嚕叫醒我就是了，輪子是圓的嘛。」咸明亮穿上衣服說，「反正天也要亮了，我出去轉轉，你們繼續睡吧。」

寶來說：「反正天也要亮了，不睡了。」

「隨你們。別說我耽誤你們做美夢啊。」

對我們來說，這會兒睡不睡覺的確無所謂，打小廣告主要在夜裡。我們通常都是天快亮時才上床，因為咸明亮來我們昨晚才早早收工。咸明亮從廁所回來，建議我們幾個要練出一套打呼嚕的本事，聲音越大越好。他就是在號子裡學會的。你要學不會，那你夜裡就不要睡覺了，一個個呼嚕打得簡直像比賽，沒有最響只有更響。照咸明亮那樣身板，跟呼嚕聲完全不成比例，得再胖五十斤才行。咸明亮說，你們看著辦。

說是這麼說，第二天晚上他還是搬到屋頂上睡了。幕天席地，把自己放在四張椅子上，第二天早上一頭露水地醒來。本來他想直接在修車鋪住，那地方太小，汽油味又重，敞開門胖老闆怕被人搶，關門只能被熏死。咸明亮喜歡車，但不打算被車油熏死。但是露天不能常住，一陣風從北邊吹過來，北京就涼了，屋頂上風又大。關於屋頂的用途，在〈屋頂上〉那篇小說裡我也說了很多，我們四個人喜歡在屋頂上打一種名叫「捉黑A」的牌，誰抓到黑桃A誰就是另外三家的敵人，你得藏嚴實了，一旦露餡兒三個人就聯合起來把你滅掉。被滅掉之後就要請其他三個人喝啤酒吃肉串。咸明亮來了以後，如果修車鋪裡不忙，也會爬到屋頂上跟我們一起「捉黑A」。過去總是寶來是「黑A」，現在咸明亮屢屢抓到黑桃A，也就屢屢被我們四個痛打。請我們喝過的啤酒瓶子在牆角擺了一大排。屋頂上還有一個巨大的用途，我在那篇小說裡也說了，就是供我們登高望遠，看北京。

半個月以後，咸明亮預支了第一個月的工資，在我們左邊的巷子裡租了一間平房。第一天沒來得及買到席子，在光床上躺了一夜。他的生活很簡單，在修車鋪幹得歡實，他還有個愛好，把廢棄不用的汽車零件蒐集起來，他說早晚用這些廢物拼出一輛車來。平常這些廢棄的零件都賣了廢鐵，再小也是一筆錢。胖老闆有點心疼，說，拿走可以，以後來修車的，你得給他們用最好的零件，你得給我翻倍地賺回來。咸明亮說，只要他們聽我的。

跑步的時候我常經過他的小屋。醫生說，治療神經衰弱最好的辦法就是跑步，跑起來，讓鬆弛掉的神經慢慢恢復彈性，哪天它像剛出廠的鬆緊帶一樣伸縮自如，毛病就沒了。我每天跑，想像大腦裡有很多圈鬆緊帶，隨著我在街巷裡越跑越遠它們就越來越勁道。經過他的小屋，只要咸明亮在，我就停下。牆角處堆的那些廢鐵，的確是廢鐵，一個個黑燈瞎火的，以我神經衰弱的腦袋，缺少足夠的想像力把它們和一輛光鮮體面的小車聯繫在一起。但是他的腦袋裡有幅精確的圖紙，他清楚每一塊廢銅爛鐵該在的位置。

「同志們，放眼看，我們偉大的首都！」捉完黑A，米籮總要偉人一樣揮手向東南，你會感覺他那隻抒情的右手越伸越長，最後變成一隻鳥飛過北京城。我們，四個年輕人，如果把我這個沒畢業的高中生也算上，對繁華巨大的都市充滿了無限期望。全國人民都知道這地方有錢，彎個腰就能撿到；全國人民也都知道，這地方機會像鳥屎一樣，一不小心就會從天上掉下來，砸你頭上你就發了。但據我的觀察，北京的鳥越來越少，過去麻雀和烏鴉最多，現在也很難看見了，據說是因為高樓上的玻璃太多，反光晃眼，很多鳥花了眼紛紛撞死了。鸚鵡、畫眉和八哥還有一些，不過都待在籠子裡，你別指望牠們能飛到天上去拉屎。最後很可能只剩下一隻鳥飛過天空，就是米籮那隻抒情的右手，無論如何也拉不出來屎。但這不妨礙所有衝進北京的年輕人都有一個美好的夢想。

我們登高望遠。夕陽漸落，暮色在城市裡是從樓群之間峽谷一樣的大馬路上升起來的，混合著數不勝數的汽車的尾氣和下班時所有人疲憊的口臭。我們一起看北京。

行健說：「我要掙足錢，買套大房子，娶個比我大九歲的老婆，天天賴床上！二十八歲的女人，聽著我都激動。耶！」

米籮說：「我要有錢，房子老婆當然都得有。還有，出門就打車，上廁所都打車。然後找一幫人，像你們，半夜三更給我打廣告去。我他媽要比陳興多還有錢！捨不得自己買一輛車？不是說了嘛，我轉向，上三環就暈，去房山我能開到平谷去。」

寶來說：「我要開個酒吧，貼最好看的壁紙，讓所有來喝酒的人在上面寫下他們最想說的話。」

輪到我了。其實我不知道我想要什麼，也許我應該把頭髮留起來每天早上照照鏡子。

「假設，你有五十萬，小東西。」

他們的理想、問法和在〈屋頂上〉一模一樣。

我的回答必然也和〈屋頂上〉一模一樣。我確信五十萬就是傳說中的天文數字。我真不知道怎麼花。我會給六十歲的爺爺奶奶蓋個新房子，讓他們頤養天年？給我爸買一車皮中南海點8的菸？把我媽的齲齒換成最好的烤瓷假牙，然後把每一根提前白了的頭髮都染黑？至於我自己，如果誰能把我的神經衰弱治好，剩下的所有錢都歸他。

「操丫的，沒勁！」行健和米籮說，「明亮哥，該你了。」

我們一起看咸明亮。他提了提牛仔褲（太好了，我總算見他提了一次褲子），抹了一下嘴，說出偉大的理想讓他難為情。也許此刻他需要一面鏡子，但他看著遠方重巒疊嶂的北京城，目光和米籮的右手一樣飛出去，然後滑翔、下降，落到城市另一邊的高速公路上。

「我就想有輛車，」他說，一屁股坐到椅子上，二郎腿蹺起來抖啊抖，「到沒人的路上隨便跑。一直跑。輪子是圓的嘛。」

這個理想讓我們相當失望。一輛破車跑啊跑，有什麼好跑的。

有一個傍晚咸明亮來到我們屋裡，請我們幫他搬東西。他說話鼻音很重，聲音好像來自遙遠的北京東郊，清水鼻涕哩哩啦啦往下掉，兩眼發紅。他把床搬到門口睡了兩夜，患了重感冒，因為屋子裡被他拼湊汽車的破爛占滿了。我們不能想像這涼颼颼的夜晚，他一個人頂著滿天的星星如何睡得著。我摸了一把他的被子，使點勁兒我擔心捏出水來。一共五個人，我們必須從縫隙裡才能擠進六平方米的小房間。那真是廢銅爛鐵，雖然被他組裝得像模像樣（其實我們也不懂，可是一堆零碎能拼到一塊兒，大小算個成就），黑乎乎髒兮兮的還是很難讓人有信心。我們花了很大的力氣才把這堆東西搬到屋簷底下，然後再幫他把床和一張破桌子搬進去。兩件事幹完了，貼著屋簷又給汽車的內臟搭了個簡易棚子，咸明亮捨不得它被風吹日曬和雨打。對這個我們看不懂的東西，咸明亮胸有成竹，就等著吧，他說，整好了帶你們兜風，我就不信輪子它能不圓。

過了一週，他又招呼我們，得把那個逐漸長大的車內臟搬到修車鋪去，等著和車身、輪子裝到一起。我們借了隔壁賣菜老頭的三輪車，哼哧哼哧跑了兩趟。胖老闆對這麼多閒人跑到他鋪子裡很不高興，咸明亮遞上菸說好話，都是一條街上的小兄弟，手腳絕對乾淨。好像我們是去偷東西。行健說，操丫的，啥玩意兒！

在修車鋪裡，我看見一個用上了鏽的鐵皮焊成一半的車幫子，焊接處鼓起來很多鐵質的小瘤。還有輪子，四個放在一起我總覺得不一樣大。咸明亮說，廢棄的輪子裡找不到四個一樣的，兩個兩個一樣大就已經謝天謝地了。他曾想過，實在找不到配套的，就先弄出輛三輪汽車。三輪汽車也是汽車，輪子也是圓的。我想像不出三輪汽車跑到北京的大馬路上會是什麼效果，會不會像原始人進了咱們花街？

此後每次咸明亮到我們屋頂上捉黑A都報告好消息，快了快了。我們等著他把車開過來。一個週末，那天咸明亮輪休，真的就開過來了，嚇我們一跳，我敢肯定在此之前世界上看過這種汽車的人不會超過十個：簡直是個怪物。車幫還是生鏽的鐵皮，我是說一點漆都沒上，沒錢噴漆；這還不算，因為鐵皮不夠，他只好因陋就簡做成了敞篷車。鏽跡斑斑的敞篷車，身上長滿了明亮的斑點，那是因為他把焊接處的小瘤給打磨掉了。只有打磨過的地方才能在太陽底下閃一閃光。座椅不咋地就不說了，全是淘汰的破東西；關鍵是它的前面兩個輪子小，後面兩個輪子大，整個車在生氣地撅著大屁股。

「上來！」咸明亮說，「咱的輪子絕對是圓的！」

我們坐上去，在幾條巷子裡轉了幾圈，因為沒有牌照，上了馬路怕被員警逮。沒什麼大感覺，和坐別的車差不多，除了身體總要往前傾，我得腳蹬住了前面的椅腿才能保證不滑下去。這好辦，抬高椅座就行。牌照也好辦，我跟洪三萬說一聲，搞個假的，幾瓶啤酒錢的事。兩天後，萬事俱全，我們決定在夜裡上路試車。

正如咸明亮所說，馬力強勁。雖然噪音比較大，跑起來實在是快，前低後高給我的感覺就是這車迫不及待要往前跑，煞都煞不住。他把垃圾中最好的材料用在這輛車裡。夜晚郊區之外的鄉村車輛本就不多，每輛車速度都很快，但每輛車最後都被我們超過了。超一輛車，我們就嗷嗷叫喚一陣。冷風吹進敞篷車，我們必須靠著這點兒興奮才能抵禦寒冷。後面的車只能絕望地照亮我們的假牌照。我也搞不清究竟跑到門頭溝的哪個地方，車子突然熄火，我們停在了野地裡。

行健他們三個坐下來，喝剩下的最後兩瓶啤酒，我給咸明亮拿著打火機，讓他檢修車頭。先是啤酒瓶冷下來，接著我們身上開始冰涼，咸明亮想到的地方都搗鼓了一遍，它還是一堆比我們還涼的鐵。現在首要的問題是取暖，咸明亮停下了，讓我們去路邊找枯草、樹枝和磚頭塊來。他從油箱裡放出來一點兒汽油，點著草和樹枝，我們烤火他烤磚頭和石塊。等人、磚頭和石塊都熱了，他拍拍腦門站起來，在「本田」車上淘汰下來的方向盤前摸索了一下，車發動起來了。

「他媽媽的，」他大叫一聲，「輪子是圓的！」

他教我們用報紙把滾燙的磚頭和石塊包好，抱在懷裡取暖。這是他跑長途學來的生存技能之一。車重新剽悍起來，跑在夜路上簡直像拚命。

寶來說：「給它取個名字吧。」

行健說：「悍馬！」

米籮說：「陸虎！」

我說：「野馬！」

「好，就『野馬』！」咸明亮說，「輪子是圓的！」

「野馬」影響之大，超出了我們的預料，十天工夫就成了胖子修車鋪的店標。它停在那地方一聲不吭就是個活廣告，哪裡是車，分明是件粗野的藝術品。用廢棄的零件拼出一輛性能強勁的車，如此奇形怪狀，這鋪子和師傅的手藝該有多好。開始胖老闆很開心，接著就不高興，咸明亮經常把車停在自己的巷子裡，前來參觀順便修車和買零件的客人一看門前光禿禿的，油門一踩走了。

「你要把車停在店門口。」胖老闆說。

「可以倒是可以，」咸明亮說，「我怕被人搗鼓壞了。還有，假牌照會露餡兒。」

「那也得停。」

「好吧，停。誰讓輪子是圓的呢。」

修車鋪離咸明亮的住處步行二十分鐘，過去沒車倒無所謂，有了「野馬」咸明亮就覺得路遠了。這問題也不大，要命的是一旦颳風下雨他得臨時往鋪子那邊跑，給車子穿雨衣。一走就得一個來回。他建議給「野馬」買個車罩，下班後就給它罩上，錢可以從他工資裡扣；胖老板眼一翻，罩上了跟車沒停在這裡有何區別？要罩也只能罩上方向盤和儀錶盤那一塊。這就很氣人，可是咸明亮沒辦法，「野馬」的任何一個地方他都不希望被風吹著被雨打著，還得來回跑去苫車屁股。

到此還不算完，不知道哪個倒頭鬼頭腦出了問題，找到胖老闆要買下這輛車。他覺得這玩意兒酷，有個性，是實用與藝術的完美結合。「別說它糙，」那傢伙說，「不糙我還沒興趣。我出這個數。」他把若干個手指頭伸出來晃了晃。胖老闆立馬被晃暈了，他沒把那個數告訴任何人，但它足夠買一輛新款的豐田車。那傢伙還說，廢鐵不值錢，廢鐵變成這樣就值錢了。

胖老闆把咸明亮弄到驢肉火燒店裡，四瓶啤酒、四個火燒外加一盤五香驢雜碎，咱倆商量個事。咸明亮喝酒、吃肉，說：「有話你說。輪子總歸是圓的。」

「車就放店門外，我補你工錢。」

「不用補，都是下班後幹的。」

「補三倍，」胖老闆把第四瓶酒打開，「車算店裡的。」

「算你的？」

「也不能這麼說吧。算店裡的，店是大家的。」

「已經算店裡的了。」

「那你簽個字。」胖老闆從褲兜裡摸出張紙，眉頭寫著：自願轉讓合同。他已經提前在店主處簽了名字。

咸明亮說他這輩子頭一次幹拔腿就走的事，站起來喊結帳，留下三十塊錢就走。剩下半頓飯他到我們屋頂上吃，運氣很差，他當黑A被抓住，請了四瓶啤酒。我們當時根本不知道「野馬」有價了，想的就是他媽的憑什麼，咱們明亮哥每天撅著屁股幹到半夜，一個個螺絲擰上去，說拿走就拿走啊。行健說，哥你聽我的，死守，輪子是圓的嘛。

咸明亮說：「嗯，輪子就是圓的。我就想有輛車，破成這樣為啥還這麼難呢？」

第二天咸明亮來了，說：「他說我用的是他的傢伙、他的電。」

我們問：「你怎麼說？」

「我可以付他錢。」

第三天咸明亮又來，說：「他說我用假牌照，犯了法。」

我們問：「你怎麼說？」

「我可以辦個真牌照。」

「然後呢？」

「他說我用過假的了，已經犯過法。我還有前科，再進去這輩子別想出來了。媽的，輪子是圓的。」

第四天咸明亮再來，說：「今天有個員警到店門口圍著『野馬』轉了三圈，問我哪裡人，家裡還有誰，在北京過得好不好。」

「你怎麼說？」

「我說我後爹也死了，沒有家。我說我每天能看著門口的車，我就覺得我在北京過得還不錯。」

那天他和我們在屋頂上捉黑A捉到看不見手裡的牌，他請我們喝了啤酒，吃了驢肉火燒和五香驢雜碎。因為天慢慢黑下來，我們看不清他的表情，也沒工夫去看，我們手裡一把好牌，摩拳擦掌都準備活捉黑A。五香驢雜碎非常好吃，包括驢心、驢肝、驢肺、驢腸、驢肚子等等。

又過兩天，我們就聽說咸明亮出事了。出事的還有胖老闆，他給香山腳下的老丈人家送酒，咸明亮主動要求開「野馬」送他。車子開得很快，「野馬」嘛，左拐彎的時候左前輪子突然掉下來，坐在「野馬」的副駕座上的胖老闆先飛出去，跟著車子也翻了個個兒，剩下三個不一樣大的輪子對著傍晚的天空轉。胖老闆一頭撞到一棵大樹上，半截腦袋頓進了胸腔裡，醫生費了半天勁兒才拔出來。

我們四個一起去醫院看望了折斷了四根肋骨的咸明亮，他的頭上纏著一大圈繃帶，左胳膊骨折。這輩子不打算開車的米籮小聲問了一個我們都關心的問題：胖老闆為什麼不繫安全帶呢？

「副駕座上有安全帶嗎？」咸明亮艱難地說，「我可沒裝過。」

米籮想，難道記錯了？上次他坐在副駕座上，咸明亮再三囑咐他繫上的難道不是安全帶？

「他們找到那個輪子沒？」咸明亮一張嘴四根肋骨就疼。

「找到了，」我們說，「滾到旁邊的枯草裡。放心，一點兒都沒變形，還是圓的。」

二〇一〇年十月六日，愛荷華

六耳獼猴

我觀「假悟空」乃六耳獼猴也。此猴若立一處，能知千里外之事；凡人說話，亦能知之；故此善聆音，能察理，知前後，萬物皆明。與真悟空同像同音者，六耳獼猴也。

——如來

二十三條街巷裡，一大早穿西裝打領帶跑步的只有一個人，我老鄉馮年。這段時間他睡眠不好，半夜總作噩夢，醒了眼得睜兩三個小時才能閉上，早上起來頭腦就不好使，昏昏沉沉地過來敲我門，問該怎麼辦。作為一個資深的神經衰弱患者，這點兒症狀對我來說是小兒科：一個字，跑；兩個字，跑步。治噩夢和失眠我不在行，治頭昏腦脹我絕對拿手。跑步健腦。他就隔三岔五跟我一起在北京西郊的巷子裡跑。因為趕時間上班，他必須出門前就得武裝整齊，跑完了擠上公車就往公司跑。請想像一下歪歪扭扭的窄巷子，一個西裝革履的晨跑者，反正我覺得挺詭異。但是沒辦法，馮年不停地鬆領帶，摸著喉結跟我說：「老弟，哪睡得著。醒了我還覺得鏈子在脖子上，喘不過氣。」

他的夢也詭異，老是夢見自己變成一隻六耳獼猴，穿西裝打領帶被耍猴人牽著去表演。要做的專案很多：翻跟斗，騎自行車，鑽火圈，踩高蹺，同時接拋三只綠色網球，還有騎馬等等；儘管每一樣都很累，但這些他都無所謂，要命的是表演結束了，他被耍猴的往脊梁上一甩，背著就走了。在夢裡他是一隻清楚地知道自己名叫馮年的六耳獮猴，他的脖子上一年到頭纏著一根雪亮的銀白色鏈子，可能是不鏽鋼的；他的整個體重都懸在那根鏈子上，整個人像只褡褳被吊在耍猴人身上，鏈子往毛裡勒、往皮裡勒、往肉裡勒，他覺得自己的喉管被越勒越細，幾乎要窒息。實際上已經在窒息，他覺得喘不過來氣，臉憋得和屁股一樣紅。

馮年作同樣的夢，區別之一在於，如果這次騎自行車，下次就接拋三只綠色網球，或者一次把兩三樣活兒一塊兒幹了；另一個區別是，夢醒之前他越來越感到呼吸困難。也就是說，窒息的程度與夜俱增。他覺得耍猴人抓著鏈子像包袱或者口袋一樣將他甩到身後時，火氣越來越大，力道越來越足，根據重力原理，鏈子勒得就越來越緊。馮年覺得，如果不是他及時從夢裡醒來，肯定就斷氣了。

有兩個疑問我弄不懂，馮年也不明白。一個是，為什麼會重複地作一個夢呢？如果仔細推敲，會發現，他的夢其實有個遞進關係，或者說，他在把同一個夢延續地做下去。得過神經衰弱的人一定知道，我們這號人多夢，偶爾作同一個夢，換個時間把某個夢再續下去，都不是什麼新鮮事，但如此高頻率、近乎刻板地重複和發展，我猜就是神經衰到不能再弱的人也沒有能力做到。馮年做到了。第二個疑惑是六耳獮猴。我到海淀圖書城查閱了有關書籍，六耳獼猴這個物種不存在。即使基因突變，人類也尚未發現有長了六隻耳朵的獼猴。所謂的六耳獼猴只是《西遊記》裡的說法。這個我知道，《西遊記》裡說，孫悟空遇到了另一個孫悟空，裡外和他都像，身手也無二致，搞得他也收拾不了對方。齊天大聖對另一個齊天大聖一籌莫展。最後還是如來老人家幫忙，才把假大聖收拾了。我佛說，那傢伙是個六耳獼猴。六耳獼猴只有兩隻耳朵，馮年夢裡的六耳獼猴也只有兩隻耳朵。但叫馮年的猴子的確就是六耳獼猴，他很清楚。

夢見自己既是馮年又是猴子，已經夠扯淡的了，還是一隻根本不存在的六耳獼猴，就是夢也不能作得這麼不靠譜吧。所以開始幾次他說起這怪夢，我們根本不當回事。他到我們屋裡來找人解夢，我們懂個屁啊，順嘴跟他瞎說。

行健說：「再明顯沒有了，想女人。」

米籮的解釋是：「嫌賺錢少，要自己當老闆。」

「屁，老子忙得哪有時間想女人！」馮年說，「從領第一份工資起，就沒夠花過。當老闆？我拿光屁股給人踹？」

寶來的答案相對別致一點：「馮哥，我看你是想家了。」

這話招來行健和米籮的嘲諷，也就寶來這樣的傻蛋才整天把「想家」掛嘴上。想家就別出來混，待在花街上混吃等死乾脆。

輪到我。我說：「馮哥腦子出了問題。」

馮年急了，「小東西，有你這麼說話的嗎？」

可我說的是事實啊，老作這種古怪的夢，和神經衰弱相當接近了，不是腦子出問題是什麼？馮年一揮手，來正經的。我撇撇嘴。說到神經衰弱，我從來都無比正經。不信拉倒。

住在西郊的老鄉裡，馮年是最人模狗樣的一個，誰都不會像他那樣整天西裝革履。我家和他家隔十二個院子，我是說在我們故鄉；所以我對他熟得不能再熟了，據我所知，他在花街從來不穿西裝。有一年花街莫名其妙起了一陣風，男男女女大人小孩都開始穿西裝，從石碼頭拐上青石板路，迎面碰上那些穿西裝的花街人，你會有時空錯亂的無助感。當時我住校，放了假走進巷子，以為外星人占領了我家鄉。馮年是外星人中屈指可數的土著之一。但現在，在他租房的衣櫃裡，廉價的西裝起碼有四套，領帶若干。他在中關村的一家電子產品店上班，老闆要求員工要從內到外尊重顧客，男的穿西裝，女的套裝，大冬天也得把漂亮的小腿肚子露出來。

中秋節我和寶來到北大玩，順道去海龍電子城看馮年。海龍裡烏泱泱的人群擠出我一身汗。馮年身著西裝，雙手交叉站在公司的店面門口，鼻尖上全是汗，逢人就說裡面請，看看哪一款相機最適合您。嗓子都啞了。對我和寶來也這麼說，說完了才發現是我們倆。我在店裡溜了一圈，果然都是西裝、套裝，一群新郎新娘。那時候接近下班時間，寶來打算等馮哥一塊兒回。

「別，」馮年說，「今天假期促銷，下班推遲了。」

「那總得有個點兒吧？」

「你們快走，別讓主管看見。」他急了，「上班時間不許閒聊。」

「那你就繼續站著吧。」我說。

「除了午飯和撒尿，我他媽都站一天了。」

就我這不懂行的看，他的西裝也差不多是全店裡最差的，白襯衫被汗泡軟了。所以，他得更端莊地站著，更熱情周到地把上帝們伺候好。老闆說了，硬體不夠軟體補。他站在門口，不停地緊「一拉得」廉價領帶。這個動作跟他一大早不斷地鬆領帶正好相反。

我問過他，像電視裡的那些心理專家似的，是不是因為領帶過緊留下了心理疾病，導致作夢時總要被吊死？他想了想，領帶這東西的確挺煩人，領導沒事也喜歡盯著員工的脖子看，抽查領帶結是否飽滿，可要說這就整出了心理創傷和陰影，也誇張了。

「那你為什麼老鬆領帶？」

「那是因為我還在想著夜裡的噩夢。一恍惚就覺得這玩意兒是個鐵鍊子。」

意思是，這是兩個不同的因果。是因為噩夢才鬆領帶，而不是因為打領帶才做噩夢。那好吧，我的心理分析技止此耳。

他的公司我還去過一次，那天純屬閒得蛋疼。我從我姑父洪三萬那裡拿了點生活費，覺得自己是個有錢人了，經過中關村買了兩個烤山芋，拐個彎進了海龍。把他給嚇壞了，堅決不要。別說上班時間不能吃東西，就是來個親戚朋友也不行。我有點生氣，老子滿肚子好心過來看你，成罪過了。他還是轟我趕快走。

「你就不能把我當普通顧客？」

「就你？」馮年說，「老弟，先照照鏡子再說。」

我站到店裡的鏡子前，模樣是不太像大款，可是你也不能肯定有錢人就一定都得穿金戴銀吧。我擺弄了兩下我的夾克衫給他的女同事看，說：「姊，還算體面吧？」

他的女同事就笑了。「相當體面。」她用鐵嶺味的普通話回答我。我就把烤山芋送給她了。這也把馮年嚇著了，他的老鄉留下罪證了。「哥請你吃十個烤山芋行不？」他的眉毛痛苦地擰到一起，苦瓜臉耷拉下來了。後來他幾次提出請我吃烤山芋，我堅決不給他面子。

要是我，這輩子不再去了。這是行健跟我說的，咱得有點志氣。那就不去。但後來還是去了，我站在店門口對馮年喊：「馮姨讓你現在、立馬、趕緊、立即、務必打電話回家。」

那天下午，我跑步經過「花川廣場」那條街，在報刊亭前順便給家裡打個電話。我爸對電不電話無所謂，只要我還活著就行。但我媽規定，半個月必須至少報一次平安。就那點破事，每次電話也就那麼幾句，我都說煩了。要掛電話了，我媽突然說，你馮姨來了，要跟你說幾句。

馮姨顯然剛進我家的門，扯著嗓子喊：「大姪子，你年哥啥時候回來？」

「他啥時候回來我怎麼知道？」

「你不知道？」馮姨這回抓著電話了，聲音還像在門口那麼大。「回來看對象啊！讓他現在、立馬、趕緊、立即、務必給我和他爸打電話。人老鄭家等回話呢！」

等我媽接過電話，我問：「哪個老鄭家？」

「還有哪個？你小時候跟人家屁股後頭跑了幾十里的鄭馬賀，要猴的。」

「年哥上班呢。」

「上班不耽誤打個電話。」

好吧，現在下午三點十二分，得破戒了。等到他下班，沒準鄭馬猴的閨女喜歡上別人了。反正也是跑步，直接往中關村跑得了。我氣喘吁吁跑到海龍，在他公司店門口喊：

「馮姨讓你現在、立馬、趕緊、立即、務必打電話回家。」

然後轉身就走。喊我也不理，叫你拽。跑回去的路上我回過神來，其實沒必要風塵僕僕地來通知馮年，他肯定對鄭馬猴的女兒不滿意，要不早跟我們顯擺了。在一群光棍裡，最值得顯擺的就是女人，有人恨不得見了頭母豬都要通報一下大家。還有，這傢伙還跟我繞，說搞不懂為什麼一到夢裡就變成被人吊在身後的六耳獼猴；他太明白了，顯然是被鄭馬猴嚇的。可是，有一點我想不通，鄭馬猴是糙了點，一張臉不管從哪個角度看都讓人倒胃口，所以花街上習慣叫他鄭馬猴而不是鄭馬賀，你可以怕他；他女兒鄭曉禾隨她媽，低眉順眼，胖嘟嘟白淨淨的，算不上大美人，但配馮年我覺得只用半個身子也綽綽有餘。要我說，馮年是高興過頭才會持續作噩夢的，這叫樂極生悲。

「屁！」馮年坐在我們的屋頂上，看我們四個打捉黑A，「在知道這事之前，我他媽已經在夜裡當了很長時間的猴子了！」

那我們只能認為他有特異功能，像花街上的算命瞎子胡半仙，可以預知兩年內的大事。天上將要掉餡餅，馮年這算提前興奮。

「怎麼跟你們這幫人成了老鄉，真是祖宗瞎了眼。沒一個正經說話的。」

「年哥，你可不能這麼說。」行健放下牌，「我們都正經人。說真話，那鄭曉禾如果不是你要搞的對象，我作兩次夢就能把她肚子搞大。就兩次。你想想，白白淨淨，胖胖嘟嘟，圓溜溜，那手感——」

馮年一揮手，截斷行健的白日夢。「先停下。」他說，「我不是看不上鄭曉禾，是他媽的鄭馬猴要求我必須回花街。」

「你得叫鄭馬賀。」我提醒他。

「好，就鄭馬賀。我回去能幹什麼？跟他一塊兒耍猴戲？」

「那就讓鄭曉禾來北京。」寶來提議，「夫妻識字，兄妹開荒。」

「人家不來。」馮年站起來，在我們的平房頂上走來走去，撣著自己的西裝說，「她說，過去給你穿西裝打領帶？我沒吭聲，我哪養得起。她又說，過去了我也穿西裝打領帶？」

「你咋回的？」米籮問。

「我一個屁沒放。這話沒法回。混六年了，我他媽不就這副龜孫樣！」

知道就好。我們四個跟著心情也壞掉了，一想到「混」這件事，還是挺傷自尊的。都想混出個人樣，最後混出來的卻是個龜孫樣。

鄭曉禾在花街有個不錯的工作。她爹耍了一輩子的猴，走南闖北幾十年，跑不動了，正打算抱著猴子養老，政府突然要貼著運河開發一個沿河風光帶，鄭馬猴就由一個江湖把式變成了民間藝人，牽著屁股磨黑了的老猴子進駐了風光帶，每天定時定點給遊人表演一番。作為升格成「民間藝人」的條件，景區給鄭曉禾安排了一個遊船賣票的工作。以花街的消費水準，工資的含金量不比馮年在北京的小。所以，人家不願來。也不是一點心沒動，而是到談婚論嫁生孩子的年齡，女人耗不起，來了早晚得回去；花街上的工作不好找，過了這個村就沒這個店，別弄得兩頭不著地。

對鄭曉禾的決定，我們都表示深刻的理解。問題是鄭馬猴，他比女兒態度強硬，馮年必須回來。漂了一輩子江湖了，到頭來認為男人窩在家裡最好，馮年覺得莫名其妙。

「我知道了，」米籮說，「是怕咱們年哥在外面學壞了。」

「屁！」馮年說，「老子想壞都沒時間學。要賭沒錢，想嫖，就算有錢，我他娘的也沒時間啊。一天站下來，口乾舌燥，躺到床上我都忘了自己是個男人。半夜三更我還得對付那根銀光閃閃的鏈子，我朝哪兒壞呀我？」

我說：「鄭馬猴又不知道你苦大仇深。」

「我想起來了，鄭馬猴年輕時整出了不少花花事。」行健把最後一張牌亮出來，是張黑A，又讓他給逃了。「別看他長得寒磣，就是有本事走到哪睡到哪。聽說還得過花柳病，天天晚上得坐澡盆子裡用藥洗上半小時。他是怕年哥跟他爭澡盆子哈。」

「放你娘的屁！」馮年罵他，「老子三十年了，一套原裝的男科！」

我們都笑起來。是啊，我們的馮年哥哥已經三十了。要在花街，早已經是打醬油的孩子的爹了。

馮年三十，所以馮伯伯和馮姨著急。談婚論嫁，年齡從來都是大問題，都一把年紀了你還怎麼拖？越拖越沒市場了。關於市場，馮年肯定比我們懂。這也是他焦慮的原因之一。生活說是摸著石頭過河，其實對大多數人來說，一輩子是清清楚楚地看得見的：我們在重複上一輩乃至上上、上上上一輩人的生活。前前後後的人基本上都這樣過，都得這樣過，不是什麼人都可以撞上奇蹟的。馮年不可能永久地留在北京，他明白以他的才華、能力和運氣，自己必定和百分之九十五以上的人一樣，只是趕緊埋頭吃兩口青春飯，然後推飯碗走人。他還賴在北京，都是給年輕鬧的，年輕似乎意味著一切皆有可能。騙騙自己也好。但是現在，婚姻大事臨頭，不厭其煩地提醒他，三十歲也不算年輕了。但他不甘心。一看見他每天把自己弄得西裝革履、人模狗樣我就知道，他不想就這麼放棄，雖然眼下也看不見轉機和希望。

「除了老總和副總，」馮年在我們的屋頂上悲哀地說，「全公司我年齡最大。」他很糾結。

鄭馬猴的猴耍得好，花街上的孩子都喜歡看。我們經常跟著他走鄉串戶地跑，他耍到哪我們跟到哪。他能讓猴子數數、分辨紅豆和綠豆，甚至能讓猴子圍著一個女人轉上三圈判斷出她結沒結過婚。他讓猴子在不同季節穿不同的花衣服，那衣服妖嬈冶豔，穿上後猴子顯得十分淫蕩。普通的騎車、倒立、敬禮、作揖更不在話下，據說他還曾訓練猴子當眾手淫，當時男人給他鼓掌，女人向他吐唾沫。耍猴的情況就是這樣。我記起來了，鄭馬猴的猴戲結束後，也是把猴子隨手往身後一甩，猴子就掛在了他的後背上。不同的是，他繫在猴脖子上的是一根五顏六色的花布條搓成的套；此外，這還是他猴戲的一個重要環節。小猴子會在他後背上一個鯉魚打挺翻上主人的肩膀，然後手搭涼棚，像齊天大聖那樣向觀眾們敬禮。到此，猴戲才在掌聲中圓滿結束。

馮年看的猴戲比我多，他比我們都大。但他一點都想不起在噩夢之前，起碼來北京的六年裡，他曾在什麼時候回憶過鄭馬猴的猴戲。從來沒有。

「那你最近看過猴子沒有？」行健問。

「兩年前去動物園，見過幾隻猴子。」

「這就對了！」行健說，從床底下的紙箱子裡摸出一本書，《夢的解析》，一個叫佛洛伊德的洋人寫的，已經被他翻爛了。他抖著那本書用教授的宏大口氣說，「年哥，你壓抑了。要不是那事兒上壓抑了，就是那幾隻猴子勾引起你的某些說不清楚的回憶。」

「別張嘴閉嘴那點事兒，成不？那都是兩年前的猴子！」

「這個佛什麼德的說，吃奶時候的事都有影響，何況你才兩年。年哥你絕對壓抑了。那點事兒多重要啊。」

行健攥著那本書當然離不了那點事兒，他不知道從哪弄來的，當黃書看的。如果不是隔三岔五能看到幾句刺激的，誰有興致看一個外國人嘮嘮叨叨地解夢。

這事最終也沒弄明白，馮年照樣作噩夢。為了避免噩夢，他想了很多招，比如熬夜，熬到走路都能睡著的時候再睡。沒用，只要睡著了，連個過渡都沒有，跺跺腳就變成西裝革履的猴子。我說過沒有，六耳獼猴也穿皮鞋？鞋面用金雞牌鞋油擦得溜光水滑，蒼蠅站上去都得跌跤。他還試過喝酒，醉得一個勁兒地說自己是寶來，但是一躺下來，夢裡的六耳獼猴還叫馮年。第二天一早找我跑步時說，他被鏈子勒得酒都吐不出來了，只好咕嘟咕嘟再往回嚥，胃裝不下，他被活活脹醒了。他還想過用別的夢把六耳獼猴擠走，夜就那麼長，作了這個夢肯定就沒時間作那個了。白天他就反覆地想一樁稀奇古怪的事，希望夜裡能換個內容；周公說，日有所思、夜有所夢嘛。但要盯著一件事往死裡想，時間和強度都得跟上，比上班還累，而且也只是偶爾才奏效，他覺得太划不來，苦成這樣不如死了算了。只能放棄了。

馮姨又在電話裡催我了，她找不到馮年，乾脆守在我家等我電話。上次馮年打了個電話回去，留的活話，「先處處看」。掛了電話就沒跟人家聯繫過。馮姨在電話裡說：「屁話，還處處看！一條街上長大的，誰頭上有幾根毛都一清二楚，處個屁處！你讓那狗東西現在就給我回話！現在，立馬，趕緊，立即，務必！」我拿了雞毛當令箭，又屁顛兒屁顛兒地跑到海龍，在他公司門口喊：

「馮年，現在，立馬，趕緊，立即，務必！」

這一嗓子壞了事。當時馮年正在向一個客戶推銷佳能相機，說得有鼻子有眼的，那傢伙馬上就要動心，我來了。等我傳達完馮姨的指示，那人已經向另一個店員諮詢了，然後馮年眼睜睜看他從同事的手裡買走兩部單反相機。下了班他直接奔我住處，劈頭蓋臉一頓罵：

「讓你別去公司你非要去！到手的兩部單反沒了！」

我沒理他。至於嘛，不就兩部破相機，我還一肚子牢騷沒地兒發呢。雖說我跑哪都是跑，可那中關村車那麼多，空氣品質多差啊，肺被汙染了我找誰去？再說，馮姨跟黃鼠狼似的，見天就坐我家等電話，我媽都急了；她一來你就得陪著，除了納鞋墊別的活兒都幹不了，我們家就三口人用得了那麼多鞋墊嗎？馮年的火氣讓寶來都看不下去了。以我對寶來的瞭解，凡是寶來說不好的，肯定有問題；凡是說寶來有問題的，那人一定有問題。寶來說：

「年哥，我們都是為你好。」

馮年翻兩個白眼，長歎一聲，像氣球被扎了個洞。「算了，跟你們也說不明白。」

把相親弄得像受難，我們沒能力明白。後來他在屋頂上跟我們玩捉黑A，輸了喝酒，酒至半酣才結結巴巴道出實情。其一是，他真有點喜歡鄭曉禾。他高她三屆，念高三時沒事就往初三教室門口跑，裝作偶然路過，慌裡慌張地朝鄭曉禾臉上看幾眼。現在想起來還臉紅耳熱，要不早打電話回絕了。其二是，他們公司要在朝陽區開分店，準備挑一名經驗豐富、性格穩重、業績突出的員工去做分店長，這兩個月的銷售業績作為重點參照。馮年前兩條都沒問題，只要眼前能夠立竿見影，就成了。偏偏這是多事之秋。據說那兩部相機加配件，銷售額近五萬，一個月也難得抓一兩條這樣的大魚。

「哦。」我說。真是不好意思。

「這是我最後的機會了，」馮年抱著酒瓶子像唱卡拉OK，「下個月就三十一了。來的時候我跟自己說，三十歲還沒頭緒就回家，媽的結婚、生孩子！來，兄弟們，幹了！」

第二天早上他沒跑步，睡過頭了，洗漱完就往公司跑。夜裡依然夢見被甩到耍猴人的後背上，銀白的鏈子摳進了肉裡，要把他血管和氣管割斷。

接下來他跑步時斷時續，狀態也不是很好。我能理解他的難過，夜裡沒睡好還得花體力去跑步，擱誰也受不了。我甚至還作過一個和他相同的夢，夢見自己也成了一隻六耳獼猴，身上穿的是夾克、牛仔褲和運動鞋，被人吊在身後。我想我要憋死了，我想我的臉一定腫脹得像只大紅南瓜。醒來後我為馮年哥流了兩行眼淚。但我只夢見過一次，而馮年每週至少三次，一次比一次暴烈。

我們決定為馮年出點力，四個人家底子全端出來才湊到三千塊錢。寶來說，有總比沒有好。託行健的一個朋友去海龍，單找馮年，買什麼都行，只要能把三千塊錢花掉。那哥們兒去了，問哪位是馮年。一個同事說，馮年生病，已經兩天沒來上班了。那哥們兒回到我們住處，很生氣，逗我玩哪你們？讓我屁顛兒屁顛兒地去放空槍！

行健說：「生病了你怎麼不吭一聲？」

「我哪知道他生病？」我說，「最近他又不是每天都跑。」

米籮瞪大眼，說：「會不會那啥了？」

「哪啥？」

米籮擺擺手，「沒啥。瞎說著玩。」

我和寶來相互看看，站起來一起往外走。

隔兩條巷子，推開院門，馮年的房門敞開著。這是傍晚，天從上面往下暗，房間裡昏沉沉的，沒開燈。我被菸味嗆得咳嗽起來，馮年坐在破籐椅裡抽菸，菸頭像細小的鬼火在閃。我打開燈，看見他頭髮支棱著，眼窩深陷、鬍子瘋長，一看就是個資深失眠者。他只穿著貼身的秋衣秋褲，西裝和領帶扔在床上。床上一片狼藉，剛搬完家似的。

「我正打算找你們，」馮年說，用夾著香菸的手在房間裡漫無邊際地劃拉一圈，「我今晚的火車回家，你們看看這屋裡有什麼用得著的，隨便拿。」

「年哥，你這是哪一齣？」我儘量讓聲音放鬆下來。

「沒什麼，就回去看看。」他說，「我堅持了兩夜，一個夢都沒作。夜裡我就想事。我想清楚了，該找個好女人、生個孩子了。」他開始咳嗽，一連串的動靜，眼淚都帶出來了。他用床上的白襯衫擦眼。他把一個信封遞給我，讓我有空的時候去一趟海龍，把信交給他公司的經理，讓同事轉交也行。

我和寶來在他對面的凳子上坐下來，從他的菸盒裡抽出中南海菸點上。抽菸有害健康，它讓我們繼續咳嗽。寶來覺得燈光刺馮年的眼，把燈摁滅了。我們都不說話。

臨走的時候馮年指了指衣櫥，猶疑地說：「西裝，你們誰想要？」

我們倆一起搖頭。

第二天我去了海龍。副總在，他拆開信，剛看完，又一個西裝革履的中年男人走進來。副總說：「黎總，沒必要找馮年談了。他辭職了。」

「剛剛？」黎總拍拍後腦勺笑了，「他媽的這個小馮，真會挑時間，那換人。命苦不能怨政府啊。」

出門的時候遇上鐵嶺來的那個女店員，她說：「呀，這不是馮哥的小老鄉嘛。你咋來了呢？馮哥呢？呀，那烤地瓜老好吃了。謝謝啊。」

我對她笑笑，問：「你作過穿西裝的噩夢嗎？」

「你說什麼？」

我知道我問得很古怪，語法上也有毛病。她是一個每夜睡得香甜的人。

我說：「沒什麼。」

二〇一二年一月十五日，小泥灣

成人禮

「那你們不許說話。」

「吃蛋糕的時候也不行？」我說。

「就你話多。」行健說，「我說話的時候你們誰都不能插嘴。」

我們點頭。蛋糕在屋頂上，奶油上插著二十根蠟燭。

「第一次見到她是在驢肉火燒店。我去吃晚飯，照慣例，四個驢肉火燒、一碟油辣小鹹菜、一碗小米稀飯。不需要我開口。我坐下來盯著一隻螞蟻沿對角線爬過桌面。一個女聲問：請問您吃什麼？我抬頭看見她，第一眼的感覺是，乾淨、清爽，適合穿白裙子。但我還是很生氣，除了前三次，我在這裡吃了一年多，頭一次有人問我吃什麼。米籮知道，我脾氣不好，但從來不對陌生人發火，尤其是女的。」

「嗯，我作證。」米籮說。

「讓你不要說話。」行健說，「我跟她說，就那三樣。她笑笑，轉身去了廚房。屁股很好看，圓潤，結實。別笑。兩分鐘後，她把晚飯用托盤端過來。然後她坐在吧臺旁邊的椅子上，兩腿併攏，若有所思地看著門外。店裡就我一個客人，沒有人這麼早吃晚飯。吃完飯我得去打廣告，陳興多規定，一天要打五千份。」

「他他媽的瞎扯，一天怎麼可能打出五千份小廣告。」米籮說。

「我那不是剛來嘛，不懂，他就把我往死裡用。讓你打岔——我說到哪了？」

「晚飯吃早了。」寶來說。

「對。一直就我一個人。她看著門外，下午的陽光照到她半個臉上，細密的小汗毛看上去是透明的。她很白，頭髮梳到後面紮了個馬尾辮。讓我想想。頭髮真是黑，沒有劉海兒。她坐在那裡像一幅油畫。儘管我只敢時不時瞟一眼，我也知道門外她什麼都沒看見。眼神不聚焦，嘴邊帶著笑，那樣子跟睜著眼作夢差不多。」

「她笑起來有酒窩。左邊的脖子上還有一顆痣。」米籮補充。

行健白了他一眼，抓起酒瓶對嘴灌了一大口。米籮不吭聲了。

夕陽半落，我們坐在屋頂上。桌子上擺著驢肉火燒、油辣小鹹菜和小米稀飯，還有鴨脖子、麻辣鵝、豬頭肉和啤酒。蛋糕在另外一張椅子上。

「想起那天下午，我的腸胃就會發抖，像飢餓一樣難過。她就是一幅油畫。哪天老子發財了，一定要找最好的老師教我，學油畫，我要把那個下午給畫回來。」

「然後呢？」

「我吃完就走了唄。」

沒意思。抒了半天情，吃完就走了。

「第二天下午我又去了。說真話，進了門我才想起來，從昨天晚飯後到現在，我早把她忘了。她又過來問，我原樣報了一遍。兩分鐘後，托盤端上來。她在同一個位置上坐下，拿筆在吧臺上的一張紙上畫起來。陽光照到她的臉、脖子和半個肩膀上，她低眉順眼，像另一幅油畫。」

「能不能來點新鮮的比喻？」米籮說，「我覺得她挺性感的，像鞏俐。」

「你這不是比喻。」我給他糾正。

「不是也像鞏俐。」

「屁！鞏俐多豔。她才不屑去化妝。」行健說，「我就覺得她像一幅油畫，怎麼了？不愛聽喝你們的酒吃你們的肉！」

「愛聽，」寶來說，「我同意行健，她不化妝。你繼續講。」

「吃完飯我就走了。」

「靠，吃飯，像幅油畫，然後吃完走人。行健你來點實實在在的乾貨會死人啊？」米籮有點兒急。

「皇帝不急太監急。我說到第三次了嗎？」行健說，「第三次我就跟她說話了。我說，葉姊呢，她怎麼不在？她說，小葉回家了，我幫幾天。我說，哦，前次我還欠葉姊三塊錢，還給你吧。她說，也好，我代她收了。」行健停下來吃麻辣鵝和豬頭肉，然後喝酒。

八月底的天不冷不熱，幾隻鳥從我們頭頂飛過。離這裡不遠，北京的高樓大廈像熱帶雨林一樣急速擴張。我們喝酒吃肉，在一間平房低矮的屋頂上，一起想像愛情。除了行健，我們三個人其實都覺得愛情十分遙遠。就連行健的那個「她」，我們也相當懷疑，愛情難道不是個重口味的東西嗎？

「我不知道是不是喜歡她。我還不知道如何喜歡一個人。有一天我站在屋頂上向南看，看到了葉姊的院子裡空空蕩蕩。葉姊租的房子，一間屋，另外兩間房東住。房東在白石橋做生意，一星期難得回來幾趟，相當於葉姊一人占一個院子。我從屋頂上下來，踢踢踏踏往南走。經過葉姊的院子時，我推一下，不動，就趴在門縫裡往裡瞅。突然有了腳步聲，我沒來得及從門前撤回來，門打開了。她也嚇了一跳。我肯定腳後跟都紅了，說話都結巴了。我說，我我就是順道經經過這裡，看看看葉姊回來沒沒有。她說，沒回，我住這裡。我連道歉的話都忘了說，轉身就走，恨不得一跺腳人就沒影了。

「隔幾天我才敢去驢肉火燒店。她不再問我要什麼，直接端上來四個火燒、一碟油辣小鹹菜和一碗小米粥。結帳的時候她問，去哪了？我低著頭說，沒去哪。她轉身到抽屜裡找錢，說，出門在外，注意安全。她以為我出遠門了。出門的時候我差點哭了，除了爸媽，到北京以後沒人跟我說過這句話。我回過頭，她正對著門外看，對我笑了笑。她比我大，笑擺在那兒。她的嘴不大，但笑得寬闊平和，全世界的好東西都能裝進去。我的腸胃劇烈地抽搐一下。我上心了。」

「抽根菸接著說。」米籮幫行健把菸點上，「怎麼個『上』法的？」

米籮把「上」字說得很曖昧，他已經迫不及待想聽到關鍵處了。

「米籮你閉嘴！別人你可以隨便亂說，她不行。」行健說，「我也亂說，我也可以是個爛人，但我決不拿她亂說。有個詞叫『褻瀆』，你看書多，你知道。我得給自己留點好東西。我開始每天去吃兩次驢肉火燒，吃得我都噁心了。吃了三天，她說，好吃也不能偏食，你得注意營養均衡。我點點頭，好，聽你的。在她不上班的時間裡，我爬到屋頂上，看見她進門，在院子裡走，洗衣服，進屋，再出去。偶爾，能看見她穿很少的衣服，把洗澡水潑到外面。」

「我想起來了，」寶來說，「有段時間你打完廣告回來，不管多晚都要爬到屋頂上轉一圈，是那會兒吧？我說呢，這傢伙深更半夜到屋頂上當詩人啊？」

「我也想起來了。」米籮說，「行健你實話實說，穿的有多少？」

「有時候只穿內衣，有時候內衣都沒有。白白的身子。什麼？反應？當然有反應了，老子他媽的是人，不是木頭。就是因為看見她的身體，我開始對她有了身體上的欲望。一柱擎天有了一點實質的內容。就是那時候我發現，我十八了，開始想女人了。」

「那你們什麼時候，那個——」我的兩個食指慢慢地頭碰頭。都懂的。

「個小東西，這事你也明白了？」米籮笑話我。

我拿啤酒瓶跟他碰一下，喝一大口。出門在外讓我們早熟，人情世故乃至七情六欲，都得一個人面對，沒有人可以依靠，沒有人與你分擔，你知道你必須獨立承擔生活了。來北京才幾個月，我覺得像進了培訓班，迅速地感知和體悟到生活可能出現的不同面向。

「那要到生日那天。」

「去年的今天。那之前呢？」

「生活如常。」

「沒勁。乾貨，我們要乾貨！」

「哪那麼多乾貨。你們都活了起碼十七八年了吧，又有多少乾貨？」行健說，「那時候不像現在，已經結束了，你知道謎底，反而更功利地、迫不及待地奔著那個結果。那時候我在一個焦躁但美妙的過程裡，我像被一種遠處飄過來的香味招引著。幽香，淡淡的。聞著妥貼，放不下，又抓不著。很平常，我去火燒店，看見她，腦子裡和身體裡裝著她，一遍遍憂傷甚至悲哀地經過她的門前。見到她、經過她的院門時，我心跳得轟轟烈烈。你們說，我是不是應該多讀幾本書去當個他媽的詩人？」

「你應該寫小說。」我說，「你跟小說家一樣會囉唆。」

米籮和寶來咧開嘴笑。行健也笑了。

「那我該怎麼說？難道要我跟你們說，我很想給她寫情書？我的確是寫了，寫完就撕了。我把不敢當面說的話都寫在信裡了。我在寫『我想你』『我愛你』的時候都哭了。我還是撕了。不敢給任何人看。戀愛的時候你是個詩人，同時你也是個賊。何況我只是暗戀、單戀，人家根本沒把我當回事，沒往心裡去。我不能怪她，我只是個貪吃驢肉火燒的顧客乙，小屁孩一個。可我馬上十九了！我膽小如鼠，然後就到了生日。」

「我和寶來一塊給你過的。」米籮說，「你非要把生日蠟燭點到驢肉火燒店裡。」

「你是全世界第一個吃驢肉火燒慶祝生日的人。」寶來說。

「我們把蛋糕拎到火燒店，才發現那天她歇班。」行健說，「開頭我吃得很失落，後來因為悲傷，才覺得身上有了勁兒，我吃了好多肉，喝了很多酒。你們倆都沒見過我喝那麼多啤酒吧？你們以為我醉了？那點酒哪能放倒我！對，吃完蛋糕我是趴到桌上了，我只是想讓你們先走，我想一個人難過一會兒。我十九歲了。過去覺得十九歲很遙遠，可是在北京的一家火燒店裡，遠離家鄉和親人，想著一個陌生的女人，它這麼簡簡單單地就來了。我趴在桌上把襯衫袖子都哭溼了。然後我站起來，捧著剩下的蛋糕——我先喝幾口。」行健又開了一瓶燕京啤酒，一口氣下去半瓶。

「然後呢？」

「到了她的院門口，開始敲門。」

「哪來的？」她問。

「給你吃的。」行健說。他讓自己瞪大眼，只有這樣才能保持住自己的膽量。他也擔心眼睛一閉自己就哭出來。他很想把眼睛閉上，七瓶啤酒的重量都壓在眼皮上。

她帶他進屋。酒喝多了鼻塞，行健還是聞到了一股與脂粉不同的怡人暖香。她的長頭髮散開披在肩膀上，穿著拖鞋，粉白的光腳跟有點向外歪。日光燈放大了她的影子，其實他比她高半個頭。只有一把椅子，行健坐著，蛋糕還捧在手裡。她坐在床上，兩腿併攏，拖鞋自然就吊在了腳尖上。床單是天藍色的。一本書打開後倒扣在床頭邊的桌面上。她像在店裡看著門外一樣看著他，似笑非笑。行健避開她的目光，努力睜大眼，捧著蛋糕走到她跟前，說：

「我十九了。」

她接過蛋糕，抹了一塊奶油連食指一起放進嘴裡。「蓬蓬鬆鬆的甜，」她說，「都十九了。」她又抹了一塊奶油送進嘴裡，看著他垂在她身邊的兩隻一直在哆嗦的手。看了足有兩個鐘頭。這是行健的感覺，他覺得度日如年，不知道此刻該繼續站著還是退回到椅子上坐下。「送你件禮物，」她說，「去，把門關上。」

關上門。她對他招招手，行健重新走到她床邊。她用紙巾擦了手，開始給站著的行健解襯衫的紐扣。

現在想起來行健還覺得像在作夢。七瓶啤酒都喝到了頭腦裡，他昏昏沉沉晃晃悠悠，這件事他在睡夢和想像裡操練了無數遍，很多次女主角就是她本人，他可以像專家一樣條分縷析地把每一個環節都說清楚，但事到臨頭，他只能相信的確是喝多了。腦子裡的酒變成糨糊，整個人都在抖。他只記得她光著身子躺下後，對他說：

「到我身上來。深呼吸。聽話。」

像一次溺水，艱難、漫長又短暫，有種窒息一般的美。噴射的時候他覺得自己身體過了電一樣火紅透亮，然後是從頭皮開始貫穿全身的爆炸。他趴在她身上，眼角滴出淚來。離開家這麼久，他頭一次飢腸轆轆地想家。

她撫著他的後背說：「好，聽話。」

他知道自己弄得一團糟，時間短得她都沒來得及出聲。但她在收拾的時候還是跟他說：「非常好。」

穿好衣服，她坐在床上，他坐回到椅子上，就好像他們的位置沒有變化過。

「你經常站在屋頂上看我。」她說。

行健不吭聲。

「我問了小葉，她不記得你欠過三塊錢。」

「真欠了。」

「好吧。」她笑笑，「來北京多久了？」

「一年。」

「這麼小。為什麼不念書？」

「念不動。就被親戚帶出來了。」

「你還小。」

「我十八了。」

「知道。」她笑起來，「我是說，你還不知道為什麼要出來。」

行健從沒想過這個問題。念不好書，家裡人說，不能閒養著，出門找點錢，磨練一下也好。他就來了。碰巧陳興多在北京，如果他在上海或者廣州、南京，此刻他就會待在上海、廣州或者南京的某間小屋裡。

「十八歲那年我中師畢業，在鎮上一所小學當老師。」她說，「那時候我最遠的地方就是到市裡念師範學校，離家四十五公里。我想到更遠的地方去。縣城有個小火車站，有趟車去北京，兩天一班。從小我就想坐上那趟火車，跑得越遠越好，但我不知道為什麼要往遠的地方去。直到我中師畢業，一次火車都沒坐過——我有個故事，你想聽嗎？」

「想。」

「十八歲那年，我當了小學語文老師。在一間玻璃碎了一半的教室裡，紅瓦的房子，四十個學生。學校隔壁是中學。那年分了一個北京來的大學生，聽說是北大的，犯了大錯誤，又是攔車又是演講，還到處散發文章，都說沒坐牢是給了他恩典。但他課講得好，整天讀書，認識很多我們沒見過的字。帶我的師傅跟他熟，經常讓我幫他借書、請教個問題，就認識了。帥？呵呵，沒你帥。但他人好，不喜歡笑，一天到晚板著臉。我們都知道他心情不好，這事擱誰身上誰心情也不會好。小鎮哪盛得下這樣的大才子，可他別的地方也去不了，很可能一輩子只能待在我們那地方了。但他跟我說，你要多出去看看。我問去哪裡？他說，能去哪裡就去哪裡。只要別在一個地方蹲死圈了。蹲死圈你知道嗎？我們那裡的方言，就是豬一直待在圈裡，哪也去不了，哪也不敢去，直到被抬出去殺了，死了。

「你可能猜出來了。對，我喜歡他，沒什麼難為情的。當然，那時候喜歡一個人還是挺害羞的，我還是個小姑娘。十九歲生日那天，我去找他，那天是端午節，他的舍友回家過節了，他一個人在宿舍裡看書。我們在一起了。我也哭了，但我很開心，我願意。他送了我兩本書還有一句話當生日禮物，那句話他說過好多次：你要多出去看看。你睏了？」

「沒睏。」行健說，把力氣都用到眼皮上，睜大，再睜大。眼皮很沉，但他很清醒，「我在聽。你繼續講。」

「又過了一年，他考上研究生走了。我知道他遲早會走。這樣的人只要給他機會，他能幹成任何事情。我在小鎮上繼續教書。我看他留下來的書。我不是讀書的料，很多書我都看不懂。但我逐漸明白了他說的要多出去看看的意思了。我越來越想出去走走了。我不好高騖遠，就是想到遠處去看看。我們不再聯繫，一年以後我有了男朋友，他是我同事。我們的關係很好，雙方父母都滿意，開始談婚論嫁了。有一天我去縣城買教學資料，順路經過火車站，開往北京的火車正好在啟動，車頭冒著白煙像頭牛悶頭向前跑，我突然覺得很難受，眼淚就下來了。回到學校我跟男朋友說，我要去北京。」

「他怎麼說？」

「他說好啊，放暑假我帶你去，看看故宮、天安門和長城。可是你知道我不是想旅遊，我想到北京待一段時間，現在就去，刻不容緩。他想不明白。我們開始吵架。他暴跳如雷，我不說話。最後，他把一個包和一個行李箱捆到摩托車上，送我到火車站。我坐在靠窗的位置上，包在懷裡，行李箱在他腳前。他不打算從窗口把箱子遞給我。他希望我下車拎箱子時再也不上去了。他把箱子放在月臺上，看著手錶對我說，我在車站門口等你，五分鐘你還不到我就回家。離開車只有三分鐘。他從月臺上消失。我下車，抓著箱子拉桿站在原地，看著火車在我面前緩慢地開始前行，然後我跟著火車往前走。乘務員在關車門時對我喊，上不上呀你？我跑起來。」

「你上了車？」

「沒有。我到了車站門口，已經過了十分鐘，我男朋友走了。」

「你回家了？」

「我在縣城住了兩個晚上，坐下一班火車來了北京。」

「一直到現在？」

「一直到現在。」

「找，找過那個人嗎？」

「沒有。我只是生活，做自己能做的事。謀生，在北京的各個角落，實實在在地生活。火燒店會是最後一個工作。」

「你打算——」

「嗯，回家。六七年了，該回去了。」

「必須走？」

她點頭。

「北京不好？」

「跟好不好沒關係。你不明白。人到了一定時候，你要聽自己的，聽從你最真實的那個想法，不管你面臨的是什麼。我想回家了。」

「葉姊也回去了？」

「嗯，你葉姊。小葉決定回去的時候我還想，她被打敗了，妥協了，認命了。她扛不住了，我要挺住。後來想明白了，出來和回去都不是較勁兒，只是順其自然。其實回去比留下來更難。」她把反扣在桌面上的書拿起來，行健只看見用白紙包住的乾淨封面，「這書上說，法國有最好的信鴿，過去戰爭的時候常用。在前線把牠們放飛，帶著戰況資訊往家飛。牠們必須橫穿整個戰場。這個過程裡，牠們不能低頭，你可以想像一下，那血腥和恐怖的戰爭場面；牠們只能向前看，要不到不了家。你明白嗎？」

行健不明白。但他瞬間有了勇氣承認了這一點，他說：「我沒聽明白。」

「我在說小葉的勇敢。出來難，回去更難，還有比梗著脖子不低頭地跨過一片戰場更勇敢的嗎？」

行健說：「我明白了。」

「你只是聽明白了。以後你會懂的。」

「我還是有點糊塗。」米籮說。

「以後你就懂了。」行健說。

「故弄玄虛！」米籮哼了一聲，「懶得明白。」

「接下來呢？」我問。

「我離開了，她睡了。」

「我是說，再接下來出了什麼事？」

「什麼事也沒出。那兩天晚飯我繼續去吃火燒，她還坐在吧臺前的椅子上看門外。我們沒說多餘的話。不該說的都是多餘的。晚上我來來回回地在她院門前走，每一次推門都是門上的。又過了兩天，我想我不能考慮那麼多，我就是想聽她說說話。她說了，要聽從你最真實的那個想法。我就敲了門。半天門才打開，房東打著哈欠站在我面前。我問，她呢？房東說，哪個她？你房客呀。哦，她呀，退租了，回老家了。」

我知道故事已經到了結尾，但還是忍不住問：「然後呢？」

「沒有然後。我再沒見過她。」

米籮扳起手指頭，「你們別吵，我算算，怪不得行健就喜歡二十八歲的女人。那女的二十八歲吧？」

「我沒問。」行健說。

「那她的名字叫什麼？」寶來問。

「不知道。」

「靠，一問三不知，白讓你睡了。」

「米籮你他媽閉嘴！再亂說話我跟你急你信不信！」

屋頂上一下子靜下來。只有傍晚的風經過院子裡柿子樹的聲音。

寶來說：「好了好了，行健二十歲了，該吹蠟燭吃蛋糕了。」

我們重新高興起來，圍在蛋糕前，從四個方向擋住風，點上二十根小蠟燭。小火苗搖搖擺擺。

米籮說：「這回我不亂說話了。行健，過了二十歲你想幹什麼？」

「好好幹，」行健說，「在北京扎下根來。」

現在開始吹蠟燭。行健閉上眼，閉上以後發現自己並不知道要許什麼願。他憑感覺把自己移到西南方的那個院子的方向，睜開眼，吹滅了蠟燭。天黑了下來。

二〇一二年一月二十一日，小泥灣

看不見的城市

1

天岫死在中秋夜。我們趕到的時候，他還躺在地上，身體彎曲，五指張開，血流過瞪大的兩隻眼，他看見的月亮是紅的。貴州人早沒影了，現場都是天岫的工友，一個抱著腦袋蹲在馬路牙子上，剩下的兩個和我們一起站在屍體旁，摩拳擦掌咒罵下狠手的貴州人。除非你們長翅膀飛了，狗日的等著，見一個殺一個，見兩個滅一雙。誰也沒伸手碰一下天岫，一個有經驗的工友提醒，保持現場，留待公安取證。但我們都知道他死了。一磚頭拍腦門上，倒下以後，肚子又被穿大頭皮鞋的貴州人踹了幾腳。天岫像隻大蝦，抱著肚子，膝蓋和腦袋硬往一塊兒湊，然後繃住的弦突然斷了，他的頭歪到一邊，仰面朝天，月亮變成紅色的瞬間，身體不動了。來找我的老六摸過他的腦門，像烤山芋一樣軟。

老六跑進院子時，我們正在屋頂上吃月餅。洪三萬和陳興多發了善心，中秋節放我們一天假，晚上不必去市區打廣告，每人再發三十塊錢，算過節費。我們把錢湊一塊兒，買了月餅、鴨脖子、豬頭肉、驢肉火燒和啤酒，在屋頂上一邊看月亮一邊吃。十五的月亮就是好，明晃晃地把天底下照得像大白天。老六從巷子裡呼哧呼哧地鑽出來，進門就喊：

「天岫死了，你們還吃！」

我站在屋頂上聽他說，腿開始發軟，啤酒瓶也拎不動了。老六說，千真萬確。他攤開手掌，做了一個劈頭蓋臉的動作。寶來、行健和米籮費了好大的勁兒才把我從屋頂上弄下來。站到地上，我才覺得腿腳硬實了。我們一起往東跑。北京正從那個方向往這邊蔓延。

已經報了警，戴大蓋帽的在路上。通知老闆的工友還沒回來。聞訊到來的工人說，老闆和幾個工頭下飯店過節了，不知在哪家館子，正一家家找。

「都是那破電話！」老六指著立在路邊的公用電話機，不鏽鋼聽筒絕望地吊著，快垂到了地上。「天岫在等他老婆電話，那貴州雜種一分鐘都等不了，上來就搶。」

第一遍打過去，老婆說，兒子前天會叫爸爸了，一興奮，見誰都叫爸爸。天岫激動壞了。兒子一歲半，媽媽、爺爺、奶奶都會叫，就是不叫爸爸。大家都說貴人語遲，那是安慰別人的，事情沒出在自己身上。天岫想聽兒子叫一聲，老婆讓他等一下，兩分鐘後回過來，她到公婆那邊抱孩子。已經過去了一分鐘，天岫幾乎看見了老婆正抱著兒子往電話前跑，等在後面打電話的貴州人煩了，越過天岫肩膀抓住了電話。

天岫說：「就一分鐘。」

「一分鐘能把人等死你知不知道？」

天岫再次豎起右手的食指，「一分鐘。我兒子會叫爸爸了！」

「關我屁事，」貴州人一把推開他，「又不是跟老子叫爸爸！」

老六說，很可能天岫並不是要去搶聽筒，只是下意識地去找個依靠。他被貴州人推得失去平衡，找不到東西靠一靠肯定要摔得四腳朝天。他抓到了電話。貴州人認為他在挑釁，兩人扭到一起，但很快就被別人拉開。雙方都有三五個人，過節了，喝完酒，吃了月餅，三五成群到大街上走走，看圓滿的月亮。他們也是建築工，在隔天岫和老六一條馬路的工地上蓋樓。那樣的口音隔三岔五能碰見，他們算是陌生的熟人。如果拉開後各自散去，事情也就到此為止，偏那貴州人是話癆，在眾人推搡下嘟嘟囔囔地說：

「想聽叫爸爸就別出來賣苦力。還爸爸，屁！你也配！」

「我兒子，我怎麼不配？」天岫奇怪了。

「你就不配！」

「我怎麼不配？」

「你就不配！」

兩個大男人把車軲轆話說了一遍又一遍，火氣跟著都往上躥。差不多同時，兩人從同伴的拉扯下掙脫出來，鬥雞似的又纏在一起。雙方工友因為勸架也發生摩擦，場面眼看失控變成群毆，貴州人從人行道上摳出一塊地磚，迎著天岫的腦門拍過去。天岫倒下時特別像電影裡的慢鏡頭，他的血在月光下黑得發亮，大家都傻了。等他們反應過來，貴州人的大頭皮鞋已經踹過了。另外五個貴州人拖著他就跑。

剩下老六他們圍著天岫站成一圈，叫他的名字。血已經流滿了天岫的眼。我老鄉天岫，終年三十七歲。

2

在北京西郊，和天岫關係最近的人就是我，我們兩家前後院。在他沒來北京之前，我還念書的時候，一有數學題不會做就去敲他家的後窗戶。天岫理科好，照我小姑的說法，不是一般的好。他和我小姑同學，那一屆最有前途的就是天岫，但他就是沒考上大學，連著複讀四年依然沒有考上。他們那一屆同學，和他一起複讀到四次的，最差的也念了我們市的電視大學。這事不詭異。等他徹底放棄高考，戴一副深度近視眼鏡回到花街後，我們才知道，他的心太大，非要到大城市，念中國最好的大學。那只能說死得其所。沒有人因此責難他，就憑那副厚如瓶底的眼鏡，他在花街上也是英雄，各家教育孩子都以天岫為榜樣：看看人家天岫！

戴眼鏡的都是知識份子，鏡片厚的是大知識份子。花街上，除了老花鏡和裝模作樣擋太陽的蛤蟆鏡，近視鏡就天岫一副。小時候我數過天岫的鏡片上有多少個圈，每一次數目都不同，換個角度圈就變了。天岫理科的確好，我把在課堂上沒聽懂的題目從窗戶裡遞過去，三下五除二，他就把算式從音樂聲中遞出來，比老師的方法簡單易懂多了。他在家聽歌。

有幾年，他買了一臺二手答錄機，整天往裡放花花綠綠的磁帶。我爸媽不喜歡那些歌，唱的啥呀，嗷啊亂叫，披頭散髮的。那些歌我也聽不出好來，但我喜歡那股熱鬧勁兒，一個人唱歌弄得像幾百號人一起喊，是門藝術。所以問完了題目，我就從家裡溜出來，磨磨嘰嘰轉到天岫家，坐在他家門口的太陽地裡聽一個人唱很多人的歌。他家的院子很大，特別適合冬天的上午坐在牆根下曬太陽。天岫基本上是個喜歡在冬天曬太陽的人。他趿拉一雙黑條絨千層底手工棉鞋，鞋帶早不知道丟哪去了，露出穿尼龍襪子的腳面；棉襖隨便扣幾個紐子，有時乾脆一個不扣，隨手把一邊的對襟裹到另一邊對襟上，雙手插進袖籠裡。一看見他這樣，我就很想給他遞一根草繩。天岫很少梳頭，一整個冬天都有兩撮頭髮支棱著，不是前額上的就是後腦勺上的。他把一本印滿高樓大廈的書翻上幾頁，放到門前的石階上，然後摘下眼鏡放到書上，兩隻手蒙住臉，對著太陽揉兩隻眼。能揉半個小時不吭聲，我總覺得他在手後面哭。他沒哭，歌一直在唱，嗷嗷啊啊，他把手拿下來，剛睡醒似的，一臉新鮮的表情，他會對我說：

「嚇，你還沒走啊。」

天岫大我十九歲，在他看來我肯定就是小屁孩，不搭理我也正常。搭理也沒用，大人過日子我們經常看不懂。那些年他的生活很逍遙，但我後來覺得，其實充滿悲壯的孤獨感。每天都能睡懶覺，起床後，如果不是拿著本書坐在太陽底下，就是斜著身子走在各種路上。花街、東大街、西大街、南大街，都是一個人走，影子更瘦更長，他長了一張書生的臉，所以斜著身子走看起來也很體面。他在各條街上的檯球桌前打球，很少說話，不用球桿比畫方向，只是右眼稍微瞇一點兒，一桿子出去，球折射、反彈，拐多少個彎最後都得進洞。他幾何學得好，知道怎樣在桌面上畫出最科學的路線，所以打檯球能贏不少錢。拿到錢，他就騎上他爸在山東臨沂買的舊金鹿牌自行車，以花街為中心，往四面八方騎，有時候一出去兩三天，騎到幾百里地外的一個城市再騎回來。

在念高中之前，我從沒離開花街超過五十里地，所以沒法知道他究竟去了哪裡，在那些地方都看見了什麼。反正是城市，這一點不會有錯。天岫他媽經常跟我媽隔著窗戶說話，說，又去哪兒哪兒了，整天遊屍。她對天岫的現狀顯然不滿意。我媽就勸她，帶著對知識和知識份子最樸素的崇拜，說：

「讓他去。他有他的想法。」

「他有什麼想法？」天岫他媽說，「吃飽了倒頭就睡。沒見他笑，我也沒見他哭啊。再說，這都多久了，又不是他一個。」

倒也是，距最後一次高考已經好幾年了，就算憋屈那勁兒也早過了。何況，五次落榜的人全天下也不獨他一人，西大街的繁倉也五次，現在老老實實在家幹活兒，種出來的胡蘿蔔每年都能賣出好價錢。

天岫他媽歎口氣，說：「都是慣的。」

我媽說：「可是——」

這個漫長的破折號基本上也是整條花街的態度：戴了眼鏡就算遊手好閒，肯定也有遊手好閒的理由。

有一天半夜，我爸從外面氣喘吁吁地回來，進門就撫著胸口說：「乖乖，差點沒跑掉。」他在米店的孟彎彎家看人賭錢，派出所偷偷摸摸過來抓賭，他眼疾腳快跳了窗戶。「就我和天岫跑掉了，一屋子人都被堵上了。」那時候我才知道，天岫賭上了。「那是高手，」我爸說，「天岫算牌，腦子像計算器一樣好使。」我爸轉著圈看各人手裡的麻將，都理不出來個頭緒，天岫就盯著自己的牌，一算一個準。天岫能夜以繼日地賭，不吃不喝，一泡尿憋十幾個鐘頭。他贏多輸少，贏了要走，大家也很少攔著，輸給天岫他們都認：人家四隻眼，咱們只有倆。猛賭一陣，贏了一把錢，過兩天他媽就會隔著窗戶跟我媽說：

「又走了。」

「這次去哪？」

「誰知道。背個大包，說要十天半個月。」

我到北京以後，天岫來看我，我又問起那幾年他跑了哪些地方，他笑笑說：

「跟著腿走，瞎跑唄。」

「都看了些啥？」

「早忘了。老皇曆了。」

那個時候天岫過著一種與花街男人相反的生活：別人是跟著船出門，掙了錢回家花；他是攢足錢就背個包出門，花完了再回來繼續賭。

二十九歲那一年，天岫突然讓我們不習慣了，不再出遠門，整天背著手在八條路的莊稼地裡轉來轉去；此外還有一個巨大變化，他把眼鏡摘了。摘了眼鏡的天岫讓我們覺得陌生，多年近視讓他的眼球深陷進眼窩，看上去像他身上還住著另外一個人。他必須瞇著眼才能看清別人。一個秋天的傍晚，天岫他媽端著飯碗在窗戶後面叫我媽。

「天岫要當生產隊長了，」她說，「農民就農民，祖祖輩輩都這麼過來的。他心定了，我跟他爸也踏實了。他嬸兒，有合適的物件給咱家天岫說一個唄。」

3

好長時間我都轉不過來這個彎：落榜生、遊手好閒、賭錢鬼、遊魂，然後是拿掉了眼鏡的生產隊長，現在成了在北京西郊蓋樓的建築工，他是如何做到的呢？我到了北京，天岫帶著工友老六來看我，我們一起坐在屋頂上聊天。遠處的北京城正以高樓大廈的方式向這邊推進。「城市是臺巨大的推土機，」山東人老六重複著天岫的話，「也是瘟疫，戰無不勝。」我不關心這個。我問天岫，你怎麼就成了個蓋樓的？

「生產隊長我能當，為什麼就不能蓋樓？」

「是啊，你怎麼就當了生產隊長了呢？」

「路上人多，」天岫說，「太擠。跑累了。」

「那還不是又跑出來了？」

「這還不簡單，」老六用他舌根發沉的普通話插上一嘴，「歇過來了唄。是吧天岫？哈哈。」

「那幾年往城裡跑的人真多，遇到一個是，遇到兩個還是。」天岫撚著一根中南海轉著圈看，「都去找錢。那天我在武漢的江邊，突然覺得很累，就地坐下來。江水湧上來脖子都打溼了，我懶得動一下，由它溼。天黑了涼風一吹，我開始哆嗦，不想動，就叫了輛三輪車拉我去旅館。車夫是宜昌人，家裡的地給別人種，自己出來蹬三輪，錢比種地多，就是覺得人浮著，夜裡總夢見自己在半空中一圈圈踩腳踏板，怎麼踩車都跑不快。他只顧說話，路拐了急彎他才看清楚是個陡坡，猛一煞車，車停了，他從車把前一頭栽出去，上嘴唇豁了，磕掉了半個門牙。我讓他去醫院，他說沒事，從車籃裡撿來的報紙上撕下一團，裹到嘴唇上，要先送到旅館再說。」

「送到沒？」老六問。他們在一起幹活兒兩年了，從沒聽天岫說起這事。

「當然不能讓他送。我把身上的錢都給他，全被江水溼透了。走回到旅館，就感冒了。回家的火車上一路高燒。突然就不想再跑了，我就想，在花街上過一輩子會死人嗎？我爺爺是個農民，我爸是個農民，我為什麼就不能是農民？正好需要個生產隊長，我說我看過幾本種莊稼的書，想試試。就當了，其實隊長就是個召集人，遇事喊一嗓子就行。」

那時往城裡跑的人多，現在更多，在以後的若干年裡可能會越來越多。天岫還是又來了。

兩年前天岫跟著山東的一支建築隊到北京，我已經念了高中，住校。放假回家，遇到不會做的數學題，習慣性地又去敲天岫家的後窗戶。他老婆打開窗戶告訴我，天岫去北京蓋樓了。她把「北京」和「蓋樓」兩個詞咬得很重，好像天岫是在另建一座天安門。

「隊長不當了？」

「土坷垃裡能長出大錢來？」他老婆說，「你看，都到城裡去了。」

其實他老婆不贊同他來北京，尤其有了孩子以後。她比他小十歲，身邊有個爹一樣的大男人疼著多好。但是天岫還是想出來，待不住了。好吧，他老婆看著男人一天到晚板著張不高興的棺材臉，家裡的確也需要錢，就咬牙跺腳讓他走了。周圍的男人們都出去了，自己男人去的還是北京，挺好。

「不單是掙錢的事。」天岫把那根中南海點上，「土裡長不出黃金，地種得大家越來越窮。我也膩了。也不知道是不是膩。搞建築也很好啊，澆完鋼筋水泥混凝土，把磚一塊塊往上壘，看它一點點長高。城市？我在腳手架間忙活時，從來不想什麼城市，我就是在蓋樓。就像你做數學題，你不是在考試——呵呵，忘了，你現在給洪三萬打小廣告了。反正就是那麼回事。壘磚時我如果想到是在建這座城市，我就覺得自己在開著一臺大推土機，正把跟高樓大廈不一樣的東西全抹平了，像用橡皮擦一張寫滿字的紙。跟你做數學題一樣，你要老想著這是試卷，心就亂了。」

說實話，這段話在我聽來有點繞，沒怎麼聽懂。我就是個打小廣告的，我姑父洪三萬辦假證，他讓我把他的聯繫方式用各種可能的方式散播出去，想辦各類假證件的人看見了，就會去找他。二一添作五，他們做生意。我已經不考試了。

窗戶後面的天岫老婆說：「不掙錢，生了孩子拿什麼養？」

「呵呵，女人就不喜歡說實話。」天岫說，「誰會整天想著錢啊。來時見著我兒子沒？」

「我天天逗他玩。」我說，「你咋給他取個名字叫玉樓？像唱戲的。」

「他爹蓋樓嘛。」天岫說。

4

出事後第三天，天岫家人來到北京。

我和老六他們帶天岫老婆、兒子和爸媽去看那個公用電話。電話和過去一樣。地上缺了一塊磚。天岫躺倒的地方還能看見員警用白灰畫出的一個彎曲的人的形狀，流到水泥路上的血變成黑色。天岫老婆哭出了聲。寶來和老六攙著天岫爸媽，我把玉樓接過來抱著，小傢伙不知道怎麼回事，京城的郊區對他來說已經是個西洋景了。他端著我的臉，一本正經地說：

「爸爸！」

「玉樓，」我小聲說，「叫哥。哥哥。」

小傢伙看著媽媽哭了，疑惑地看著我，大聲地重複了一遍：「爸爸！」

玉樓提醒了媽媽和爺爺奶奶，他的爸爸以後再也不會有了。三個人一起放聲哭，身子慢慢往下沉，跪倒在人形的白灰線邊。他們把它當成丈夫和兒子，指甲摳著水泥路面，想把天岫從地上拉起來。死一個人很容易；死也可以很抽象。這是他們看的最後一眼天岫。之前他們看了火化前的天岫，切開的身體被重新縫合，所有傷口都隱蔽好了；天岫雙眼緊閉，眼窩裡的血早被清理乾淨，他好像正在深度睡眠，整個人彷彿不曾受到過任何傷害。屍檢的結果是：頭部的傷足以致命，肚子裡的傷也足以致命，肝和膽都被大頭皮鞋踢破了。

抓那貴州人沒費什麼事，公安局追到火車站時，他正在候車大廳的廁所裡抽菸。見到員警，他說，還有兩口讓我抽完。抽菸的動作誇張狂躁，最後幾口吸得太深，嗆得自己直咳嗽。他不太相信天岫真的死了，確認後，他對員警說：「這麼不禁死啊。」接著又說，「死就死了吧，我抵命。」一點兒都沒打算抵賴。

他被五個老鄉工友拖走以後，還有點兒煩，不就打個架拍一磚頭嘛。工友們都勸他趕緊跑路，工地上的頭頭也讓他跑，他說跑什麼跑，又沒死人。工地上打架的事很多，打群架的也很多，都習慣了。很快，工頭派出去刺探消息的工友回來說，好像死了，躺地上這麼久都沒動，聽說報警了。他不當回事都不行，工頭命令他必須走，馬上，鋪蓋卷都別收拾。別給公司添麻煩。工頭從自己的錢包裡臨時給他數了兩個月的工資。他打車去的火車站，也是他這輩子頭一次如此奢侈地坐計程車。從工地到車站很遠，他沒打過這麼遠的計程車。照工友們的建議，他可以去任何地方，就是別回貴州老家，他答應了，但買票時他改了主意。員警問他為什麼決定回貴州，他說：

「我總得回去看一眼爹媽和我兒子。萬一那人真死了，我在外逃來逃去，誰知道啥子時候能看上他們一眼。」

員警問：「你就沒想過會被抓住？」

「抓就抓。殺人償命，有什麼辦法？」

我從老六那裡陸陸續續得到消息，那個貴州人就這麼渾不吝。說他不怕死那是假的，他也抖，被銬著的兩隻手總哆嗦，但就是嘴硬，張嘴就有火藥味，跟所有人都有仇。他認罪，但拒不悔過。「我不痛快，我生氣，我就打了。」他說，「他也打我，只不過最後死的是他，不是我。」

員警問：「就為那一分鐘？」

「一分鐘還不夠嗎？我都說過多少遍了，一分鐘也能把人等死。」

「你認為他不配當爸爸的理由是什麼？」

「就不配！」

「怎麼不配了？」

「你要我重複多少遍？」

「警告你態度端正一點兒！讓你說你就說！」

「那我再重複最後一遍：要當爸爸就別出來掙這份血汗錢！」

貴州人的古怪邏輯把所有人都搞糊塗了，員警只好一遍遍審。結果相同，表述的方式都沒差別。他就是這麼詭異地想問題的。

打架鬥毆的案子太多了，受傷出人命的案子也不少，只要方法得當，當事雙方或親屬私下溝通也不是不可能。不願對簿公堂的可以庭外和解，就是私了。私了通常就是談錢。天岫爸媽和天岫老婆根本不答應，聽法律的，他們相信惡有惡報，他們不打算拿天岫的命換錢。讓人想不通的是，那貴州人也不願私了，他沒錢，就算他腰纏萬貫，就算他最終得吃槍子，也絕不私了。老六說，狗日的瘋了。

接下來的一系列事情相當瑣碎，想急也急不來，建築公司內部的處理也進展緩慢；我和寶來只好在附近幫天岫一家租了兩間價錢合適的民房。一家人大眼瞪小眼，難過得要撞牆；但公婆在兒媳婦面前、兒媳婦在公婆面前，還都得穩住情緒，以免帶動對方更大的悲傷。他們三個一有空就會去天岫被打死的公用電話旁，在馬路牙子上一坐就是大半個小時，白灰線條已經沒了，他們還是盯著那塊地方看；相互都知道對方去了，都不說破，怕說出來就得抱頭痛哭。沒心沒肺的是玉樓，沒事的時候我就把他帶到我的住處玩，小傢伙出了門就只知道高興，見什麼都咯咯笑，見到身高超過一米五的男人就喊爸爸。他一叫爸爸我就難受，眼淚嘩嘩往下掉。

先扛不住的是天岫老婆，因為悲痛過度，吃不下飯睡不好覺，老作噩夢，醒來就一身虛汗，走路兩腿都發飄。我帶她去診所看醫生，那老太太兼治中醫，摸了一下脈，說趕緊回家，再待下去你的命也得搭進去；沒了只能沒了，閨女，節哀順變吧。天岫老婆又哭了，抓著醫生的手說：

「都怪我，當初我要不讓他來就好了。」

老太太拍拍她的手，「想走的留不住，想留的走不了。順其自然。」

5

回老家的前一天，天岫老婆背著公婆，要求見一見那個貴州人。公安局的人備感疑惑，也很為難，這個時候的嫌疑犯誰也不能見。天岫老婆不懂這個，只眼淚汪汪地說：

「一個二十五歲的寡婦，想看看到底是誰打死了她的丈夫，不行嗎？」

戴大蓋帽的也被這話鎮住了。「一定要見？」

「看不到我這輩子都不會心安。」

好吧。二十五歲的寡婦，聽著都心涼。他們決定違規幫一回。

我陪她到了拘留所，一路幫她抱孩子。我因肩負照顧這娘兒倆的重任，也被允許進那間屋；進門前她接過玉樓，堅持要自己抱。屋裡涼颼颼的，可能是心理作用，我的確覺得滿屋子肅殺之氣。貴州人已經坐在鐵柵欄後面，鬍子沒刮，臉上的皮肉都掛下來了，兩眼布滿疲憊的血絲。眼神裡的不屑大過絕望，冷冷地看著我們。在這種環境和氛圍裡，誰坐到鐵柵欄後面大概看上去都不像善茬兒，但他的確沒有想像中的凶手那般凶神惡煞。讓我難以忍受的是他的挑釁般的輕蔑。

我們坐在他對面，看守人員擔心天岫老婆情緒激動，站在她背後，兩隻手抬高到她肩膀的高度，隨時準備按到她的雙肩上。她不說話，我也沒有理由說話，玉樓看看媽媽看看我，也本能地不吭聲了。貴州人也一聲不吭。空氣充滿了韌性，被越拉越緊，因為神經衰弱，我聽見了空氣被扯動抻緊的聲音，也聽見了一支看不見的碼錶在疾速運轉。我覺得過去了很長時間，其實是我們僅有的三分鐘快結束的時候，天岫老婆突然說話了。她說：

「你打死了我丈夫。」

貴州人看看她，低下頭又抬起來，沙啞著嗓子說：「我償命。」

玉樓把臉轉過來看看我，又轉向鐵柵欄對面的貴州人，尖叫一聲：「爸爸！」

貴州人差點就站起來了。他把腦袋往前探，撞到鐵柵欄上。

玉樓又尖叫一聲：「爸爸！」

貴州人的嘴唇慢慢開始無節奏地哆嗦起來。「兒子，」他說夢話似的，眼神突然迷離了，哆嗦殃及整個身體。他忽地站起來，「我要我兒子！」

時間到。看守人員趕緊讓我們離開，貴州人也被鐵柵欄那邊的看守帶走了。他往外走的時候一直說兒子。

當天晚上，兩個中年男人來找天岫一家，一個貴州口音，另一個普通話說得好點兒的是律師，轉達了貴州人的懺悔和請求。他對不起天岫一家，對不起天岫老婆和孩子；如果可能，他會盡全力籌到理想中的款額，就算能少坐一天牢，能多活一天，他也會在那一天裡對天岫一家感激不盡，給菩薩燒香悔過，告慰天岫的在天之靈。他希望接下來的起訴和審判能有餘地。貴州人的轉變很突然，但天岫一家依舊斷然否決，對兩個說客說：

「滾！」

第二天下午他們又來了，一塊兒來的還有天岫建築公司的領導。他們想和天岫父母單獨談，天岫老婆去了隔壁房間收拾行李。天岫的領導建議考慮一下賠款方案。人死不能復生，但活人還得繼續活下去，就算你們老兩口可以湊合著過完一輩子，兒媳婦和孫子怎麼辦？他們的生活才剛剛開始，誰也無法最終代替他們解決可能面臨的所有困難，孤兒寡母的，我們有責任、也必須冷靜地、現實地為他們考慮。請兩位老人家三思。天岫爸媽很清楚公司的領導在借別人的大腿搓繩子，借此減輕公司的負擔，但他們不能不承認，人家在理。把貴州人槍斃十萬次又如何，天岫已經被燒成了灰；他們老了，無能為力。那個下午，天岫爸爸有生以來頭一回發現，他的確沒有能力向孫子保證什麼。老兩口老淚縱橫，天岫爸爸還是跟他們說：

「天岫是兒子，更是丈夫和父親。我們沒資格作這個主。」

說客們很失望。天岫老婆站在門外問：「我想知道，他怎麼突然又想起這一齣？」

高個子的貴州人說：「妹子你這話問著了。我是他堂哥。我堂弟昨天見到你家的娃娃，想法全變了。他真心實意地覺得對不住你們，他讓這麼小的娃娃沒了爹。他也是個爹，兒子沒了，被老婆帶到了別人家。」

「他也配當爹？」天岫老婆說，眼淚又下來了，「他是個當爹的還不能耐心一分鐘讓我們家天岫聽玉樓叫一聲爸爸？」

「妹子你進來坐。」那個老實巴交的貴州漢子站起來，讓出凳子，「妹子你又說著了，我都沒來得及跟你們解釋。我堂弟他其實是個好人。」

高個子貴州人的意思是，他堂弟人不錯，就是不出趟子，不愛離家。村裡像樣的男人都往大城市跑，大城市有錢嘛，就他賴家裡不走。窩在家裡哪來的錢？他老婆就很生氣，和他鬧。他們沒領結婚證，沒領證也算老婆，有了個娃娃嘛。他老婆帶著娃娃在鎮上做點小生意，說只要他不出去，她就不回家。時間久了，鎮上有個男人看上她，那男的手裡有錢。她把電話打到鄰居家，對他堂弟說：給你一分鐘，是出去還是繼續待在家裡。他堂弟沒吭聲，一分鐘後，電話掛了。他想說也說不了了。過兩天出來消息，老婆跟別人拿了結婚證。

天岫公司的領導也被這故事吸引了，伸著腦袋問：「那孩子呢？」

「當然是被他婆娘帶走了。」高個子貴州人說，「我堂弟沒奶，也沒錢，拿什麼養？」

打死天岫的貴州人在他女朋友跟別人結婚的那天，去縣城買了來北京的車票。他經常作噩夢，一分鐘在他夢裡有了形狀，是一塊不斷變幻的巨大隕石，從天外飛入他的院子，轟的一聲，砸爛了他的房子，兒子像石子一樣不知道被濺到哪裡去了。他在北京西郊的工地上夜半醒來，披著衣服到工棚外獨自抽菸，對每一個出來撒尿的工友都說一樣的話：

「我真的不配當爹。」

6

結果是：貴州人賠償天岫家十八萬元，被判有期徒刑二十年。他對天岫爸媽千恩萬謝，他希望天岫的兒子能好好成長。

還有個素描本要說一下。

我和天岫爸媽去工地整理了天岫的遺物。除了必要的衣物和生活用品，就剩下一堆書和雜誌，裝在一個紙箱子裡。書太重，老人帶回花街不方便，睹物思人更傷心，決定先存放到我這裡。塵埃落定，把他們送上火車，我回到住處慢慢翻看那些書，在兩本雜誌之間發現一個舊作業本，很多年前學生用的那種。每張紙上都畫了圖，有樓房、街道、行人、汽車、大學的校門、公園裡的樹，等等，建築居多。從對那些建築的簡單勾勒中，很容易判斷出天岫在平面幾何與立體幾何上的功力，有的建築旁邊還標上了相關資料。每一張紙的眉頭上都注明了時間和地點。我按時間順序列了一張表，一目了然：過去的那些年裡，天岫分別於某月某日去了某個城市，又於某月某日去了另一個城市。

二〇一二年二月十二日，小泥灣

狗叫了一天

給天空打補丁這事，只有小川幹得出來。他站在我們的屋頂上，左手釘子右手錘子，往天上敲。一片雲來了，他說，打上了；一架飛機經過頭頂，他說，又打上了。張大川和李小紅說，看，咱們兒子多聰明，就知道針和線縫不上去，往天上打補丁得用錘子和鐵釘。他們站在院子裡仰臉朝天上看，在北京難得的藍天白雲下，八歲的小川高舉錘子和鐵釘，怎麼看都像一個偉岸的英雄。在他們的視野裡，我也同樣高大，為了保護小川的安全，我也站在屋頂上，不離小川左右。

小川是個傻子。張大川和李小紅是賣水果的，每天開一輛帶駕駛艙的三輪車早出晚歸，蘋果熟了賣蘋果，橘子熟了賣橘子，西瓜熟了賣西瓜，偶爾也賣香蕉、蘆柑、鳳梨和梨。最貴的東西是櫻桃。李小紅說，不知道城裡人為什麼愛吃這麼小的玩意兒，貴得要死，他們非叫它車厘子。小川喜歡跟著我，哪天我不出門貼小廣告，張大川和李小紅就會一手領著小川一手攥著兩個蘋果橘子，來到我們的院子裡：小川，跟木魚哥哥玩。當然，他們還會用飯盒裝好小川的午飯，中午我幫著熱一下。如果我的同屋行健和米籮也在，他們會多拿兩個蘋果或橘子。然後他們突突突發動三輪車，對口袋裡裝著錘子和釘子、歪著腦袋流口水的小川說：

「乖兒子，跟爸爸媽媽再見。」

我要說的不是小川，也不是張大川和李小紅，更不是他們一天到晚穿行在北京的大街小巷裝滿各種水果的機動三輪車。我要說的是狗，張大川和李小紅養來看家護院的。他們租了我們隔壁的小院，兩間屋，一間住人，一間放水果，狗拴在水果屋門口，小偷小摸的進不去。我們煩死了那條狗，三輪車一響牠就叫，三輪車跑遠了牠也叫，三輪車不知道鑽到北京的哪條小巷子裡時，牠還繼續叫。

「早晚收拾了這狗日的。」行健和米籮說。

早上狗醒得早，我們連個懶覺都睡不好。我們仨都是打小廣告的，基本上是晝伏夜出，經常大清早才能爬上床，狗日的開始狂吠。如果夜裡沒出門，中午我們也會瞇一會兒，牠冷不丁來一嗓子，讓你腳心都上火。早晚收拾了你個狗日的。

那天我們沒出門。午飯後，我帶小川在平房頂上往天上打補丁；行健在研究《周公解夢》，夜裡他夢見一頭面帶桃花的白豬敲響了我們的房門，他開門，然後醒了；米籮在給昨天寫出來的一段話分行，他覺得自己沒準可以當個詩人。他們想午睡，根本睡不著，狗一直在叫。一直叫，一直叫，一直叫。不知道哪根神經搭錯了。我在屋頂上都聽見他們倆罵罵咧咧。三輪車地動山搖的發動機聲由遠及近，小川舉著多少天來的同一把錘子和同一根釘子說：

「我爸，我媽。你看，是我爸我媽！」

張大川和李小紅又回來了。

行健和米籮從屋裡出來，對我說：「讓他們把小東西帶走！」

「我帶他玩，不打擾你們。」

「那也不行，」行健說，「那狗日的煩死我了！」

「聽著他們家狗叫，」米籮說，「還得幫他們帶個傻子，沒這道理。送他回去！」

三輪車停在院牆外，張大川和李小紅一臉的笑，一個上午一車橘子賣光了，他們打算再裝一車貨。

「乖兒子，玩得高興不？」張大川說。

李小紅說：「記著叫哥哥。」

我只好對他們撒了個謊，我得去一趟姑父那裡，拿剛印製出來的小廣告。我說陳興多趕上時髦了，一個辦假證的也整了張名片，以後我直接把他的名片到處撒就行了。所以小川我得還給他們。

張大川兩口子有點不高興，但堅持沒讓腮幫子掛下來。又不是別人兒子。狗還在叫。李小紅把她兒子從屋頂上接下來，撇撇嘴，飯盒得還給她。「你是不是惹人不高興了？」她小聲問小川。小川歪著頭扭過身看我，伸出舌頭笑，說：

「哥哥喜歡我。」

他的兩隻眼永遠對不到一個焦點上，這經常讓我著急，我覺得他在跟我說話的時候看的其實是另外一個人。但我的確喜歡他，他從不說假話，想幹什麼就說什麼，他還沒學會說假話。這一點張大川不如他。張大川總在跟你說，他們兩口子如何愛這個傻兒子，所以至今沒有決定好是否再生一個。按政府說的，他們完全可以再生一個。「可是，再生一個小川會不高興的。」張大川笑眯眯地說。他從李小紅的手裡接過兒子，掐著小川的胳肢窩，一把扔到駕駛艙裡。力氣夠大的，我都聽見小川腦袋撞到擋板上咚的一聲。張大川的臉撂下來，皺著眉頭低聲呵斥：

「不許哭！」

車開到院子裡，裝滿橘子、蘋果和香蕉，突突突開走了。小川坐在張大川旁邊，李小紅坐在車幫上，屁股底下是一堆硬邦邦的蘋果。狗叫得更歡了。兩口子從外地來，可能跑的地方多了，口音也串了，你聽不出他們說的是哪個地方的普通話。張大川沒事還加幾個兒化音：一群兒人排隊兒買咱的果兒呢。一聽這腔調行健就生氣，操，丫也不撒泡尿照照，隊兒隊兒是他娘你丫說的嗎！

他把對張大川說話方式的不滿轉嫁到他們家的狗身上了。「還叫！個狗日的！」行健說，「老子弄死你！要是條德國黑背，你叫就叫了，你他娘的連條京巴都不是，就是條土狗，你還有臉了！老子弄死你！」

說幹就幹，他跟米籮從屋裡出來。兩個人火氣都挺大。不單是睡不著的問題，我懷疑《周公解夢》上的答案不太好，米籮的分行事業搞得也不太順。把狗弄死肯定不行，太容易露餡兒了，他們倆決定折騰牠，折騰一下算一下。米籮手裡端著一碗吃剩下的排骨湯，因為天冷，濃郁的油湯呈半凝固狀態。

「你，繼續到屋頂上待著，」行健吩咐我，「聽見車回來趕緊告訴我們。」

我拿了本舊書攤上淘來的《天方夜譚》爬上屋頂。

沒有比屋頂上更好的看書地方了。西郊的平房和生活低伏在地面上，因為坐得高，似乎也將這個世界看得更清楚了；也因為坐得高，理解一本書比過去坐在教室裡好像更容易了。我在靠近巷子邊的屋頂坐下來。狗叫得更凶了，他們倆翻過了牆頭。米籮夾出一截排骨扔過去，狗哼唧了兩聲立馬不叫了。

那條狗的確沒啥出奇的，一條土狗而已。皮毛只有黑白兩色，現在黑不是黑，白不是白，隨地亂臥，身上沾滿了泥土和便溺。風餐露宿在門前簡陋的狗窩裡，冷慣了，一趴下就習慣性地縮成一團。我懷疑它從沒吃飽過，瘦得弧形的肋骨都快戳到了皮毛之外。那狗的名字就叫「狗」。張大川和李小紅招呼牠也是這個字：狗。狗，過來！狗，叫什麼叫！狗，死過去！個死狗！牠兩隻前爪抓住排骨，激動得不知道怎麼啃才好。行健和米籮從牆根處搬來兩隻小馬紮，坐在旁邊看著狗哆哆嗦嗦地吃那塊排骨。行健還回頭對我打了個響指，下午的陽光弱下來。狗的影子在地上艱難地蠕動成一團。

「先讓牠嘗到滋味。」米籮對我說。

《天方夜譚》是本好書，尤其在屋頂上，我更覺得它是本好書，它讓我迅速地從低伏在大地上的生活裡跳脫出來。我隨手翻，翻到哪頁看哪頁。

狗花了很大的力氣也沒能把骨頭嚼碎了嚥下，急得像哮喘病人一樣哼哼。又捨不得那點骨頭，牠就翻來覆去地叼住了吐出來，吐出後又塞進嘴裡。行健伸出右手食指挑了一些湯汁，放在鼻子上聞，瞇縫著眼，陶醉的模樣那條狗肯定看懂了，牠突然安靜下來，慢慢走到行健跟前，溫馴地趴到地上。行健抬抬下巴，對米籮做了指示。米籮站起來，上去踹了狗一腳。那狗沒反應過來，立馬跳起來，剛叫了一聲又安靜下來，重新趴到了地上。米籮對著牠屁股又來了一腳，狗再次跳起來，扭頭看看米籮，叫聲變成了憤怒的哼哼聲，拖了一個奇怪的尾音，猶豫了五秒鐘，趴下來。米籮看看行健，行健壞笑著點點頭，米籮對著狗的肚子踢了第三腳。這一次狗真被弄惱了，原地又蹦又跳轉了好幾圈，行健和米籮本能地往後挪了挪身體和馬紮。不挪也沒關係，狗脖子上拴著根鏈子，牠已經到了可以活動的最大半徑。狗又叫了，但這一次叫聲行健和米籮不煩，他們倆轉身對我笑起來。

「你也來一下？」米籮招呼我。

「你們在幹嗎？」

「放心，逗狗日的玩呢。」米籮說，對著狗屁股又來了一腳。

那狗終於要被惹毛了，掙得鐵鍊子嘩啦啦響，行健及時摳了一塊凝固的湯汁甩到地上，那狗一頭撞過去。味道肯定很好。牠用舌頭把那塊地面都舔乾淨了。吃完了，咂著嘴，緩慢地趴下來，腦袋搭在兩條前腿上嗚嗚地叫。叫聲裡充滿了絕望與哀求。行健把碗遞給米籮，拎著馬紮挪到狗身邊，像親人一樣撫摩起牠的皮毛，從腦袋梳理到後背，再到屁股。那狗閉上了眼。從我的角度看，行健本來打算對著牠腦袋揮上一拳的，但他拳頭握起來後又鬆開了，他可能也看見了那條狗殷勤搖動的尾巴。他再次撫摩牠，從腦袋開始，到瘦削的後背和嶙峋的屁股，然後，他的手落到牠的尾巴上，從尾根慢慢梳理到尾梢。他站起來。

「看看，車回來了沒有？」行健問我。

我站起來，稀薄的影子鋪在屋頂上，寬大又長遠，一直覆蓋到了屋頂的盡頭。這樣的下午太陽跟病人一樣虛弱，打幾個噴嚏力氣就沒了。遠處是平房，再遠處還是平房，也有樹，再遠處是一片鉛筆畫出來似的樹梢，如同地平線，偶爾有一兩座高樓，太陽隨時都可能掉到高樓和樹梢上。我探出腦袋往巷子盡頭望，沒有車，連個行人都沒有，好像這北京西郊突然變成了一座空城。我對他們擺擺手。

「別看你那破《天方夜譚》了。」行健說，「就你這樣，下輩子也撞不到個神話。哥讓你開開眼！」

他對米籮比畫了一番，接過了碗。活兒由米籮來幹。他把手伸進碗裡，撈了一把膏狀的排骨湯汁，抹到了狗尾巴上。那狗聞到了味兒，激烈地叫起來。

「叫什麼叫！」行健踹了牠一腳。

狗把叫聲壓低，開始扭著身子去找。排骨湯汁的確很香，我在屋頂的冷風裡都聞到了。一架飛機從天上經過，小川的一塊補丁。幾隻鴿子和麻雀從半空飛過去，也是小川的補丁。如果不看小川無法聚焦的兩個眼神，不看歪著的腦袋和漏口水的嘴角，你不會相信他是個傻子。他比正常人有想像力多了，比《天方夜譚》的想像力都多，誰能夠想像還可以給天空打補丁呢？誰還能知道針和線是派不上用場的，只有錘子和鐵釘可以？

狗在繞著圈子找自己的尾巴。拴牠的鐵鍊子一次次絆住牠的腿，牠急得想不起來抬腳越過鏈子，更想不到轉過身把鏈子放在一邊。有幾次牠舔到尾巴尖，從牠的急迫和突然就張大的嘴巴推測，牠也覺得味道好極了。這激起了牠更大的食欲。

我們都見過狗咬自己的尾巴，但從沒見過如此笨拙、慌亂和章法盡失的追逐。看得我們一起笑。那狗一邊轉著圈去舔自己尾巴，一邊哼哼唧唧地叫，老是舔不到的時候牠就會大聲吠叫。慢慢地，牠發現了竅門，牠把腰部猛地一對折，嘴就很容易地搆到了尾巴尖。牠一下下舔光了尾巴尖上的排骨汁。

行健和米籮爭論起來。顯然，再往尾巴尖上抹湯汁跟直接送到狗嘴裡已經沒什麼區別了，這麼幹下去一點都不好玩。兩人很快達成共識，把湯汁一點點往尾巴上方抹。看牠能舔到哪個位置。

湯汁抹得越往上，狗的難度就越大，牠得把自己對折起來。到後來對折起來都不行，怎麼都搆不著。鐵鍊子也跟著搗亂，絆得牠踉踉蹌蹌，有一次終於被絆倒了，費了半天勁兒才把身體從對折的狀態恢復過來，恨得牠牙根癢癢，一口咬住鐵鍊子搖頭擺尾地撕扯。鏈子影響了牠的發揮。行健和米籮只顧看笑話。得承認，這樣的笑話難得碰上。我站在屋頂上喊：

「把鏈子給牠解開！」

我提醒了他們。行健在地上丟了一小坨湯汁，趁狗去吃的當兒，米籮解下了狗的項圈。新的一輪逐尾遊戲開始了。膏狀湯汁越抹越高。那狗擺脫了項圈和鐵鍊子的羈絆，其實並未獲得多大的自由，但牠以為得到了，當真是越發努力，獨自絕望地戰鬥。自己跟自己的較量，基本上就是一條狗的極限挑戰。我不知道一個人絕望時會發出什麼樣的聲音，那狗舔不到沾有湯汁的那一截尾巴時，發出的狂躁、滾燙的聲音，有一瞬間我覺得那完全就是人聲。那聲音讓我渾身發冷，彷彿吹過我的不是黃昏時的冷風，而是一層層一片片涼水。我覺得遊戲做過頭了。

冷風帶過來柴油發動機的聲音，我側耳傾聽，又沒了。但分明又在。我想提醒行健和米籮，差不多得撤了。他們看著推磨蟲一樣轉著圈子的狗，前俯後仰地大笑。那狗突然淒厲地叫了一聲，身體以超乎想像的幅度對折了一下，牠肯定也被自己弄煩了，牠一口咬住了自己的尾巴。那一口咬得如此痛切，牠都無法及時地撒嘴，整個身體首尾相連地原地起跳，在空中停留了兩秒鐘然後尖銳地摔到地上，骨頭撞擊地面的聲音我幾乎都聽得見。牠鬆開了自己的尾巴，更加淒厲地叫了一聲，跳起來往院門處衝。

老式院子，院門是對開的兩扇板門，張大川上了鎖。因為門大，三輪車可以直接開進院子裡，兩扇門之間的空隙就大，但也沒大到一條狗可以隨隨便便就跑進跑出的程度，即使牠瘦得皮包骨頭。在平常，那條狗肯定有這個判斷力，但那天牠喪失了這能力，沒鑽出去，一頭撞在門板上。牠兜回一個圈子再衝刺，撞到了另外一扇門板上。牠再次兜了個圈子，從院子的另一端圍牆邊開始助跑，快到院子中間時起跳，借助一棵死掉多年的香椿樹樁，兩條前腿蹬了樹樁一下，成功地越出了院子，撲通一聲，骨頭和肉結結實實地摜到了水泥路面上。

柴油發動機的聲音已經進了這條巷子。張大川的三輪車，不會錯。行健和米籮顯然也被那條狗震住了，張口結舌半天才回過神，趕緊去翻牆。

「快撤！」我對行健和米籮喊，「他們回來了！」

那條狗爬起來，歪歪扭扭地跑，儘管步態像個醉漢，速度依然很快。對面剛拐進巷子裡的三輪車開得意氣風發，下午的水果賣得也好，一車又空了。那狗以迎接親人的狂亂節奏飛奔向三輪車，這種舉動和速度肯定超出了張大川的意料，狗快迎面撞到前輪的時候他才想起來要躲開。猛踩煞車時他扭了一下車頭，三輪車翻了。狗在叫，人也在叫，有男聲，也有女聲。

等我從屋頂上下來跑到翻車地點，懸在半空的三輪車前軲轆早已經停止轉動。那條狗癱倒在路邊，依然在叫。李小紅跪在翻倒的車前號哭，她要從側面鑽進駕駛室裡，敞開門的那側車門對著夜晚即將來臨的天空洞開；另一邊，不知道經歷過何種鬼使神差的過程，傻子小川被夾在那扇車門裡，半個身子在車裡，半個身子在車外；在車外的那部分身體上，賣光了水果的空三輪車的重量正一點點分攤過去。車底下一攤紅黑的血曲折地流出來。

李小紅聲嘶力竭地叫著小川。小川一聲不吭。一點聲音都沒有。張大川肩膀扛著三輪車的一側，想把它掀過去，讓懸空的輪子全都實實在在地落到路面上。我把肩膀湊上去，跟他一起扛。狗還在叫，聲音怎麼聽都不像一條狗。

夜幕降臨，天黑下來。從昏暗中走過來和狗一樣歪歪扭扭的兩個人，行健和米籮。他們也把肩膀湊了上來。我聽見張大川氣急敗壞地說話。

「李小紅，別哭了行不行？」張大川氣急敗壞地說，「這下咱們正好可以再要一個孩兒了！胳膊腿兒都好使兒的，腦子也好使兒的！你不用擔心對不起他了！你也不用擔心咱們養活兒不了了！李小紅，我讓你別哭了你聽見兒沒！」該用兒化音和不該用兒化音的地方他全用上了。

半個月後，我在一個舊書攤上亂翻，看到一本書裡說，狗尾巴的作用之一，是保持身體平衡。「尤其在高速運動時，直線加速或勻速向前時，尾巴會向後伸直，轉彎時會有突然的擺動，減速時會快速地畫圈，相當於飛機降落時打開的減速傘。」我使勁兒想，終於清晰地看見了那個傍晚，張大川家的狗狂奔的時候，尾巴是耷拉著的，像一截破舊的雞毛撣子。

我在舊書攤上亂翻的時候，那條狗已經死了。牠不停地往門上衝，最後把自己撞死了。張大川和李小紅也回了老家。他們老家在哪兒，我們都不知道。

二〇一五年一月一日，知春里

摩洛哥王子

要不是碰上個賣唱的，這輩子我都不會關心摩洛哥在哪裡。那傢伙唱得真不錯，嗓子一會兒像劉歡一會兒像張雨生。模仿田震〈自由自在〉的時候我跟上他的，那種狹窄、茫然又激越的聲音，可以亂真。當然，跟上之前我給了他十塊錢。給錢的時候我臉是紅的。我心疼，十塊錢不是小數目。但已經掏出來了，哪好意思再塞回兜裡呢。我明明記得兜裡有張一塊的，掏出來才發現三張都是十塊，要命，硬著頭皮也得給人一張。他以為我臉紅是因為慷慨，他就對我招手：喜歡就跟著聽。他看出來我喜歡田震的歌，接下來他唱的都是田震，〈執著〉、〈乾杯朋友〉、〈月牙泉〉、〈未了情〉。從地鐵的這頭唱到那頭。地鐵在西直門站停下，我得下車了。

他停下彈奏和歌唱，扭著身子指自己後背。他的夾克上印著五個字：摩洛哥王子。

回到平房，我跟行健說：「見著摩洛哥王子了。摩洛哥在哪兒啊？」

行健哼了一聲：「我還見著西班牙王妃了呢。」

米籮已經從他的百寶箱裡翻出了世界地圖，舊書攤上花兩塊錢買的。「北非。在北非。頭頂上就是西班牙。老大你太牛了，摩洛哥跟西班牙前後腳你都知道。」

「知道個屁！」行健完全是順嘴瞎說，但誤打誤撞也讓他的虛榮心有了點小滿足，「老子看看，這摩洛哥到底在哪旮旯。」

他把地圖攤在我們的小飯桌上，我把腦袋也伸過去。摩洛哥頭頂上不僅有西班牙，還有葡萄牙。左邊是浩瀚的大西洋，右邊是阿爾及利亞。邊境之南是我只在地理課本上見過的茅利塔尼亞。

我們漫無邊際地談論了一通摩洛哥。除了國名我們對這個國家一無所知，所以談得更加充分。我們給這片抽象的國土想像出了名山大川、亭臺樓閣和大得難以想像的客流量。關於摩洛哥王子，我跟行健和米籮說，真不知道他長得像不像摩洛哥人，不過鼻子倒是挺高。

聊完就洗洗睡了。很快我們就把摩洛哥和賣唱的小夥子忘到了腦後。不是記不住，是所有激動人心的事情最終跟我們都沒關係。我們的生活裡永遠不可能出現奇蹟。我們還住在北京西郊的一間平房裡，過著以晝伏夜出為主的日常生活。我依然隔三岔五地出沒在地鐵二號線沿線，趁人不備的時候，鬼鬼祟祟地幫我辦假證的姑父洪三萬打小廣告。行健和米籮也是，他們幫陳興多打小廣告，偶爾我們會在同一條街或者同一條地鐵線上碰頭。有一天傍晚，我在西直門站地鐵口的背風處吃烤紅薯，行健從身後拍了我的肩膀，說：

「看見你那個摩洛哥王子了。」

「那傢伙是不是只有一件衣服？」米籮說。他們看見的也是那件印有「摩洛哥王子」的夾克。「他還帶著個頭髮亂得像草窩的小女孩。他妹妹？」他們看見他的時候，他正從保溫杯裡倒水給一個髒兮兮的小姑娘喝。

我哪知道。

「我跟他說起你，」行健說，「他竟然記得。」

我繼續吃烤紅薯。行健的話你聽一半就夠了。

「不信？」米籮說，「我們真說起了你。說你給了他十塊錢，他沒想起來；說你跟著他聽田震的歌，從車頭聽到車尾，他就一下子想起來了。他說，那個哥們兒啊，背個軍用黃書包。」

看來是真的，那天我的確背著一個軍用黃書包。其實那幾年我背的都是這個包，就一個包。打小廣告的一套傢伙都裝在裡面：刻著洪三萬電話號碼的一個大印章，墨水瓶，塗墨水的板刷，印有我姑父電話的假證業務範圍的名片，當然還有紙和筆，以備不時之需。能撒名片的時候撒名片，可以直接蓋上個大戳的時候就蓋戳，實在不行，用筆在一切可以寫字的地方寫上我姑父的名字和他的電話號碼。

「那是他妹妹嗎？」米籮又問，「穿得可不如他啊。」

我真不知道。我也只見過那傢伙一次。

吃完紅薯，我陪他倆在路邊抽了一根菸。秋風乍起，紙片和幾片樹葉被吹進了地鐵口。

一群人走出來，像這個秋天的黃昏，有種虛弱的單薄。最後出來的是一串飽滿的歌聲。海面倒映著美麗的白塔，四周環繞著綠樹紅牆。小船兒輕輕，漂蕩在水中，對，水中，迎面吹來了涼爽的風。沒有吉他聲，但我知道「摩洛哥王子」來了。果然，摩洛哥王子和一個紮著兩個蓬亂小辮的女孩從地鐵站走出來。他在教那女孩唱〈讓我們蕩起雙槳〉。小女孩六七歲的樣子，鼻梁不高，臉有點髒，褂子還是用北方鄉村裡當被面的花布做的。摩洛哥王子該有二十出頭，看上去比行健和米籮大。

「你們呀——」摩洛哥王子說。

「來一根不？」行健揮揮右手夾著的中南海香菸。

摩洛哥王子笑笑，從兜裡掏出一把零錢遞給那小女孩，說：「過馬路注意安全啊。別忘了歌詞。」

小女孩猶豫一下還是接著了，然後向他擺擺手：「謝謝哥哥，我記著呢。」跳過馬路牙子走到對面去了。

我們湊在一起抽菸，像一群不良少年。「你妹妹？」我還是問了。

「小花？不是。」摩洛哥王子抽菸的動作很熟練，「地鐵裡認識的。」

「她這樣——幹啥的？」米籮問。

「要錢的。」

「要錢的」就是「乞討的」。地鐵裡有各種各樣的乞討者：殘疾人；賣藝的，像摩洛哥王子這樣；老人；孩子，比如那個小姑娘，叫小花？

「最近老是遇到她。」摩洛哥王子說。

「你為啥要給她錢？」米籮問。

「她說一天下來要不夠數，回到家她爸會打她。」

我們都火了，這什麼畜生爹！哪天逮著狗日的好好修理他一頓。

「少安毋躁。」摩洛哥王子勸我們，「我也想跟小花的爸爸談談，小花不讓，怕談過了挨的揍更多。你們是幹啥的？」

我想告訴他我們是做小廣告的，行健瞪了我一眼，說：「你叫啥名字？」

「王楓。」

「你衣服上印著個『摩洛哥王子』，算啥？」

「一直想整個樂隊，叫『摩洛哥王子』，我是主唱。不過得慢慢來。還有嗎？再來一根。」

明白了。他只是想像中的「摩洛哥王子」的主唱，或者說，是「摩洛哥王子」的「王子」。

但他的廣告做得好，八字還沒一撇，他就把樂隊名字印到衣服上了。

我們開始抽第二根菸。西直門的傍晚開始降臨，在菸頭掐滅的那一瞬間天黑了下來。

第二天下午我們出門比平時早，買了地鐵票在二號線上亂坐，反正只要不出站，你坐多少站、坐多長時間都是一張票的錢。我們坐兩站就下來，換乘下一班，直到遇上王楓。出門前我們達成共識，只是到地鐵上聽王楓賣唱；其實我們都心照不宣，我們都想到了「摩洛哥王子」樂隊。實話實說，這麼長時間以來，這是唯一一件讓三個人都心動的事。昨天我們作了半夜的夢，夢見自己成為「摩洛哥王子」樂隊的一員，我們和電視裡、電影裡、街頭上那些樂隊一樣，演奏的演奏，唱的唱，跳的跳——成為樂隊的一員，無論如何要比給辦假證的洪三萬和陳興多打小廣告要高雅和體面，這個我們都懂；可是，所有的樂器我們都不會，唱歌也只能瞎唱，跳舞嘛，只有行健會一段殘缺不全的霹靂舞。昨天凌晨回到住處，行健扭了一段，跳不下去的時候他就翻來覆去地「擦玻璃」，那動作實在太像擦玻璃了。我們都想成為「摩洛哥王子」，但我們一無所長，所以我們都不吭聲，只說去看王楓唱歌吧。好，同去同去。然後我們在雍和宮那一站找到了正唱梅豔芳的〈女人花〉的王楓。我們抓著扶手站成一排，王楓餘音嫋嫋地唱完最後一句「女人如花花似夢」時，我們熱烈地鼓起了掌，一齊喊：

「好！」

乘客們開始掏錢。我咬咬牙，把錢塞到王楓斜挎的敞口人造革大皮包裡，我看見行健和米籮放進去的也都是十塊錢。

王楓繼續往前走，邊走邊唱。從一班地鐵的車頭走唱到車尾，下車，換下一班。再從車頭唱到車尾，再換下一班。我們跟著，鼓掌，叫好，偶爾投進去一兩個硬幣，實在沒有太多的錢。在我們的想像裡，這是整個「摩洛哥王子」樂隊在前進中演出。

晚上七點鐘，「摩洛哥王子」停下來，王楓說一塊兒吃個飯吧，聊聊。我們都覺得好。王楓說，看看能不能碰上小花。主唱發話了，我們當然繼續說好。那就一起去找。

在前門站的地鐵裡，看到了小花。她在車廂裡慢慢走，端一只揉皺的「康師傅」速食麵桶，一聲不吭，見人就鞠躬，鞠完躬就眼巴巴地看著對方，直到對方往她的麵桶裡放了零錢，直到確定假寐的乘客再也不會給她錢，她才挪到下一個乘客面前彎下腰。

「小花。」王楓喊。

小花看見我們，抱著速食麵桶顛兒顛兒地跑過來。「哥哥。」她在王楓身邊停下，自然地抓住了王楓的手。

「今天夠嗎？」

小花對王楓搖搖頭，委屈地撇了一下嘴，淚花子就出來了。

「沒事，小花，先跟哥哥去吃飯。」

前門的那家館子很小，只擺得下六張小桌子，但我們所有人都覺得味道好。家常菜怎麼能做得那麼別致呢，我們喝痛快了。當然小花沒喝，她專心吃菜，單獨給她又炒了一份芹菜炒肉絲。王楓酒量不錯，行健數了數喝空的啤酒瓶子，決定還是不比下去了，真喝到底誰倒下去都不一定。我認為還是王楓酒量更大一點，因為最後是他把單買了。他非常清醒地說：「兄弟們能來聽我唱歌，別說請頓飯，賣兩次血我王楓都幹。」臨別時他還清醒地說，「就這麼定了，過兩天搬過去和兄弟們一起住。」出了門，夜風一吹，半瓶啤酒我就醉了。王楓清醒地拉著小花的手，說：

「小花，哥哥送你一段。」

回西郊平房的路上，我們一致認為這是一次圓滿的聚會、勝利的聚會。雖然沒有迅速解決加盟「摩洛哥王子」的問題，但意外地解決了王楓加盟我們的問題。他租的地下室到期了，再不續交房租就得被房東趕出來，他在猶豫。他想住在有陽光的地方，地下室的陰暗生活他受夠了。行健敏銳地抓住這個機會，手一揮，好辦，咱們屋裡空著一張床，歡迎老兄你來！我和米籮也說，歡迎老兄你來。

進了房間，行健拍著寶來留下的那張空床，說：「來了，就是咱們的人了。」

米籮說：「來了，咱們就是他的人了。」

他們倆已經說得這麼白了，我就不好再說什麼了，我就笑笑，說：「嘿嘿。」

三天後是週末，米籮翻出來一本算命的書，搖頭擺尾地說，良辰吉日，宜喬遷、出行。外面響起了喇叭聲，王楓已經坐著計程車到院門口了。

除了一個占地方的大吉他，就兩件行李，一個旅行箱、一個蛇皮編織袋，編織袋裡裝著被褥和枕頭。他把幾本書擺到床頭時，我們才知道他是正規音樂專業的畢業生，儘管那學校我們從來沒有聽說過，而且是個大專學校。有兩本是他念書時的教材，此外都是影像和傳記類的書，有講貓王的，有講後街男孩的，還有關於滾石樂隊、魔岩三傑和黑豹樂隊的。我們三個的心立馬沉了下去。

按照計畫，安頓好王楓就該進入下一個議程，准「摩洛哥王子」樂隊狂歡一下，慶祝相互成了「自己人」。具體地說，就是我們來到院子裡，王楓彈吉他主唱，我們仨跟著附和、伴奏、配舞。這兩天我們去了動物園小商品批發市場，買了廉價的手鼓、笛子、葫蘆絲、碰鈴，米籮甚至還買了嗩吶。這些樂器怎麼玩，我們都不會，不會可以學啊，王楓也不是天生就會彈吉他唱歌的。我們一直認為王楓也是半路出家，碰巧了嗓子好，碰巧了模仿能力強，就唱上了；就跟地鐵裡天南海北來的賣唱的一樣，膽子大點、臉皮厚點而已。但人家是科班出身。我們突然就自卑了，我們仨沒一個完整地高中畢業的；更要命的是關於貓王、後街男孩、滾石樂隊、魔岩三傑和黑豹樂隊的那幾本書，每一本書裡的每一個人都那麼洋氣。即使只穿一條破破爛爛沒有腰帶的牛仔褲，赤著腳光著上身也那麼洋氣，他們怎麼看都不像是我們的這個院子裡可能走出去的。我們也可以留一頭長髮，也可以脫得只剩下一條到處是洞的牛仔褲，甚至脫得只剩一條內褲，但我們永遠也成不了他們。這個想法讓我們黯然神傷。趁著王楓沒注意，行健把他的手鼓往床底踢了踢，米籮把盛葫蘆絲的抽屜也推上了，我把笛子往被窩裡塞時，被王楓看見了。

「你們怎麼了？」他說，「有親戚朋友要死了嗎？」一把掀開我的被子，把笛子攥在了手中。「啥意思？」

我抓了抓腦門，「不會吹。」

「不會吹可以學啊。」

我笑笑。行健和米籮也乾巴巴地笑了。

「哪個地方不對。」王楓轉著腦袋把房間看了一遍。我們租的房間不大，放兩張上下鋪的架子床和一張偶爾兼作飯桌的破舊寫字桌，剩下的地方就不多了。他繞過幾雙臭鞋子走了一圈，伸手拉開抽屜，葫蘆絲上的假商標都沒有揭掉。「你的？」他問米籮。

米籮說：「我也不會吹。」

「我也不會。」

行健拍了一下脖子，聲音很大，說：「哥們兒，不繞圈子了，哥幾個就想跟你湊個熱鬧。」他彎腰從床底下撈出手鼓，扔給了王楓。「你不是想弄一個樂隊嗎，哥幾個給你打下手。音樂啥的咱不懂，但要出苦力的，哥們兒沒問題。」

「有什麼懂不懂的，湊一塊兒玩唄。」王楓坐下來，把手鼓放在膝蓋上，砰砰砰敲了一陣，站起來說，「要不現在就整一場？」

那肯定是有史以來最怪異的一次演出。我們站在院子裡，把掃帚支在椅背上當立式的麥克風，王楓抱著吉他站在麥克風後面，邊彈邊唱。我們三個因為緊張和慎重，堅持站成一排，每人拿一件根本不會演奏的樂器做著樣子比畫，我的笛子根本就沒靠上嘴。米籮的葫蘆絲基本上保持在鼻子和眼之間的位置；行健倒是敲了鼓，敲得像抽風，情緒高亢時鼓聲就大一點，信心不夠了根本找不著聲音。但我們都賣力地跟著吉他的節奏扭動了，王楓唱的是輕搖滾版的〈我家住在黃土高坡〉。如果誰從門外看見了，沒準會覺得我們都瘋了，一個個又是點頭又是聳肩，一會兒挺胸一會兒撅屁股，偶爾也像癲癇發作，扭動得像條驚慌失措的蟲子，全無章法。一曲終了，我們自己都笑了，笑得坐到了地上，眼淚都出來了。

「演出如何？」行健開玩笑地問。

「演出成功！」米籮說。

「合作愉快！」王楓握緊拳頭舉起來，「耶！」

誰都沒說「樂隊」演出成功，或者「樂隊」合作愉快。說都沒有說「摩洛哥王子」樂隊。

寒氣從水泥地面沿著屁股往我們身上爬。王楓先站起來，「起來了，」他說，「來日方長，如果想學，我教你們。有些樂器咱們也得一起學。」

生活在繼續。我們三個還是晝伏夜出到處打小廣告，王楓還是背著吉他出入地鐵和車水馬龍的街頭賣唱，在外面碰上了，就一起吃個簡單的飯。回到平房，一起聊天、吹牛、講黃段子，爬到屋頂上看著蓬勃生長的北京城打牌喝啤酒，也會在屋頂上學習演奏樂器。我學笛子，米籮學葫蘆絲，行健學手鼓和嗩吶。王楓經常在屋頂上彈著吉他吊嗓子練歌，也跟我們一起學他陌生的樂器。當然也合作過，牛鬼蛇神似的一起又唱又跳。合作演出的時候通常在院子裡，為的是不影響周圍的鄰居。如果哪天喝高興了，也會不管不顧爬到平房的屋頂上大喊大叫大唱大跳。只要不是晚上，屋頂上的演出還是挺讓鄰居們開心的，生活要淡出個鳥來，難得有人在高處死皮賴臉地逗樂，他們就當看耍猴了。不管別人怎麼看，音樂的確讓我們的生活有了一點別樣的滋味，想一想，我都覺得我的神經衰弱的腦血管也跳得有了讓人心怡的節奏。

因為王楓，我們見到乞討的小花次數也多了。他們倆沒任何關係，只是王楓在地鐵裡賣唱遇到過小花幾次，他覺得小姑娘挺可憐，買了吃的就分給她一半，天涼了，他把帶的熱水分一杯給小花喝，就算認識了。那是個招人疼的孩子。我們都覺得小花的爹媽太不地道了，正念書的年齡，拉出來天天讓她在地鐵上乞討。但是沒辦法，孩子是人家的，你報了警都沒用，員警也不會天天守著。這樣的孩子很多，分散在北京的各個角落向過路行人要錢，鞠躬的，裝殘廢的，背著小音箱一路播放歌曲的，也有五音不全地演唱的。前陣子新聞上說，某大學教授見到一對夫妻帶八歲的兒子乞討，責問為啥不讓孩子念書，那兩口子操著方言說：

「沒錢怎麼讓他念書？」

「沒錢去掙啊。」

「我們不是正在掙嘛！」

再理論下去，該父母說：「你有責任心，你境界高，你給我們兒子出學費吧。」

圍觀的人群一陣笑，見怪不怪了。教授敗下陣來。

但讓我們不能容忍的是，小花的爹媽現在每天都給小花定下任務，今天要到五十，明天就五十五，後天變成六十。有一天王楓賣完唱回到平房，罵罵咧咧地說，小花的爹媽太不是東西了，給小花的定額馬上漲到一百了。要不到一百，小心回家挨板子。

在那幾年，一天一百塊錢是個相當大的指標。

「這事好辦，」行健說，「咱們先去給那對狗男女一頓板子。」

米籮說：「打死丫的，看以後敢動小花一根汗毛！」

「問題是，小花死活不願意帶我去見她爸媽。」王楓點上一根菸，「也怪我，隔三岔五給小花點錢，讓他們嘗到甜頭了。這倆孫子得鍋往炕上爬，目標越定越高。」

這事還真得賴到王楓頭上。頭一回他見小花沒要到幾塊錢，在地鐵口哭，給了她十五塊錢；第二次見她哭，給了二十塊錢；第三次看她恐懼著不敢回家，又給了二十塊錢；水漲船高，沒平息小花的恐懼，反倒把她爹媽的胃口給吊起來了，他們相信閨女一定有能力越要越多，指標就上去了。好心辦了壞事。弄得小花現在每天更不敢回家，因為指標越來越高，完全不可能完成。王楓也不能無止境地幫她填坑，坑越填越大。

「王楓，別弄得跟個知識份子似的，」行健把右腳踩到凳子上，「這事聽我的。兩個字：修理。得把狗日的打痛快了。」

「可咱們根本見不著她爸媽。」

米籮也把右腳踩到凳子上，「順藤摸瓜。」

第二天傍晚，我們三個睡足了，吃了驢肉火燒，接到王楓的短信。七點，復興門地鐵站。這事沒那麼刺激，一個小丫頭而已。我們仨平常的工作得防著員警突然襲擊，基本上也練就了一套反跟蹤的小能力。我們懂。倒了兩次公交，我們晃晃悠悠地到了地鐵口附近時，王楓和小花正在地鐵口揮手再見，一個往東，一個往西。米籮把運動衫的帽子戴上，低頭跟在最前面。隔二十米之後是行健，然後是我，最後是王楓。

那段路挺繞，我們幾個都不記得走過哪些地方。路左，路右，順行，逆行，過天橋，小花走得猶猶豫豫、心事重重，沒事就回頭看兩眼。我問王楓是不是露餡兒了，他說沒，因為要掐著點兒到地鐵口，他催了小花，給了她三十。「我也沒剩下幾塊了。」王楓說。

「上次你送的小花，住哪兒你總該有個差不多吧？」

「差多了。」王楓說，「也就到了復興門地鐵站，我背個身點了根菸，她就沒影了。」

小花停下了，抱著膝蓋在馬路牙子上坐下來。頭頂是盞路燈，她的影子幾乎要縮到身體裡。我們慢慢地向前靠近，行人和車輛不斷，到處是光影，不必擔心被發現。突然，她站起來橫穿馬路，一輛車緊急停下，尖銳的煞車聲直往我腦仁子裡鑽。小花肯定被嚇傻了，那輛奧迪A6在她兩三釐米外，小花呆立在原地。王楓撒腿就跑，我跟上。小花還站在原地，王楓抱住她的時候她正渾身哆嗦。車主擦著冷汗從車裡出來，氣急敗壞地說：

「你這孩子，不要命啦？還有你，你們，怎麼帶孩子的！你們不知道我有強迫症啊，以後讓我還怎麼開車！」

王楓道著歉，把小花抱到了人行道上，小花抱住王楓，哇地哭出來。在路燈下我也看見了小花的眼角和右手手背是青紫的。行健和米籮也聚攏過來。

「他們會打死我的！」小花抽噎著說，「他們會打死我的！」

米籮問：「誰？」

「他們會打死我的。」

我對著行健的耳朵說：「是親生的嗎？」

行健拍了一下脖子，說：「是啊，我怎麼沒想到這茬兒呢！」

首要的任務是把小花送回去。小花不讓送，看著她走都不行，她要看著我們先走她再走。她說離她家已經很近了。

跟蹤結束。我們先離開。路上又談到是否親生的問題，王楓說，他也在懷疑，小花提到她爸媽時，從來都是「他們」「他們」。什麼樣的父母才能讓孩子以「他們」相稱呢。

我們的擔憂應驗了。幾天後王楓帶來了真相。小花在他的誘導下終於說了實話。她在北京的「爸媽」有八個孩子，年齡從五歲到十四歲不等，除了最小的那個弟弟由「爸媽」帶著在車站等公共場合乞討，大一點的孩子都單獨行動。早出晚歸，自己找地方，每天的乞討指標五十到一百不等。一大家人租住在一個兩居室裡，離復興門不遠，她和另外三個姊妹擠在一張地鋪上睡覺。那地方小花閉著眼睛都能找到，但說不上來名字，她不認識字，「爸媽」也不打算讓她念書。

「親生的？」

「一個十一歲的姊姊和最小的弟弟是，」王楓說，「其他的都不是。」

「拐——賣？」我說得相當猶豫。這種事報紙上天天都在說，可放到你眼跟前了，你還是覺得有點遠。

「被倒了好幾手。」

也就是說，小花自己都不清楚她怎麼就有了現在的「爸媽」，也不明白怎麼就到了北京。她離開家的時候剛五歲。

「現在多大？」

「十歲。」

看著有點小。也正常，這麼多年擔驚受怕，吃得也不會好，肯定營養不良。

「小花記得過去的事嗎？」

「記不清了。她只記得，她家裡的爸爸身上有酒味，好像家裡還有個弟弟。」

「哪兒人？」

「不知道。她說她好像是跟爸爸去看山，在山裡。她爸身上有酒味，坐在路邊的石頭上，低著頭。有人對她搖晃一根棒棒糖，在前面走，她就迷迷糊糊跟上去了。」

「然後呢？」

「被帶走了。再然後，換了一個又一個地方，換了一個又一個人帶著她，有的給她好吃的，有的打她，還不給飯吃。」

「山的名字叫啥？」

小花不記得了。王楓讓她回去再想想。

過了兩天，下午我們正睡覺，行健的手機響了。王楓的短信：龍虎山。查查有沒有這個地方。小花模模糊糊想起這名字，好像離他們家不遠。

我們立馬從床上跳下來，直奔書店。三個人在海淀圖書城分頭查。行健找名勝古蹟類，米籮找名山大川類，我翻各種地圖冊。差一刻晚上八點，我在江西省的地圖中看到龍虎山的名字。地圖右下角注：龍虎山，位於江西省鷹潭市西南二十公里處貴溪市境內。然後我們繼續分頭查與龍虎山相關的資料，包括周邊的地理環境、風土人情、飲食習慣。凡是可能喚醒小花記憶的，我們都不放過。回到住處，王楓已經回來了，一兜子資訊我們全匯總給了他。王楓想了想，沒準是，小花南腔北調的普通話裡的確有點湘贛的口音。

又過了兩天，印證完畢，基本可以確定小花的家在江西鷹潭附近。王楓用鷹潭日常生活裡最顯著的特徵一一提醒小花，在她邈遠的記憶裡，部分印象緩慢地浮出水面。小花很謹慎，每透露一個資訊都囑咐王楓別說出去，以免讓北京的「爸媽」知道。她想離開，但又恐懼離開，廣闊的世界對她來說是個可怕的陷阱。如何幫她找到親生父母，我們四個人每天都在商量，頭髮揪光了也沒理出個頭緒。她完全不記得村莊和父母的名字，自己原來姓什麼都忘了。我們每天都談，每天都以歎息告終。

一個週四中午，出門兩個小時不到，王楓又回來了，身後跟著正在吃麥當勞的漢堡的小花，因為嘴角破了，張嘴小心翼翼，但分明又餓得不行。顴骨上有瘀青，左手手腕處也結了一塊血疤，走路踮著腳，膝蓋受了傷。昨天晚上被她「爸」打的。小花昨天的收成不錯，回到家「爸媽」還沒回來，她躺到地鋪上不小心睡著了，醒來發現口袋裡少了三十塊錢。旁邊的兄弟姊妹都搖頭，「爸」就火了，一頓肥揍。

行健說：「這日子沒法過了。」

米籮說：「先揍ㄚ一頓再說。」

我說：「還是自己家好。」

王楓問行健要了一根煙，吸得那個狠，每一口都想要了菸的命似的。「要不——」王楓說，「把小花送回鷹潭？」

王楓說得很慢，我相信這個想法把他自己也嚇了一跳。不是送回去就完了，而是要替她找到親生父母。跟大海撈針沒什麼兩樣。房間裡突然安靜下來，只剩下小花小口咀嚼漢堡的聲音。

「小花，你想回自己的家嗎？」王楓說。

小花也愣了，把我們四個人輪番看了兩遍，恐懼地說：「我不知道。」

「小花別怕，跟哥哥說，」王楓把水杯端到她面前，「你想回家嗎？」

「爸爸。媽媽。哥哥，我真不知道。」小花哭了。

「小花，想回家就點點頭，哥哥送你回去。哥哥幫你找到爸爸媽媽。」

我們盯著小花看。小花放下漢堡，一分鐘後點了點頭。

「好，買了車票咱們就回！」

「想好了？」

「想好了。」

行健、米籮和我，每人拿出兩百塊錢硬塞給王楓，一點心意。只能做這麼多了。王楓讓我們別擔心，一個月後準回。大不了邊唱邊找，他唱，小花也可以唱。這些天她學會了好幾首歌，一張嘴像模像樣。我們在屋頂上給王楓和小花餞行，喝啤酒，吃驢肉火燒。

我在牆上畫正字，數著日子等王楓回來。一週過去。半個月過去。一個月過去。四十天過去。王楓發來短信，還在找，沒想到鷹潭這麼大。好消息是，小花唱得越來越好，吉他也能彈出調了，天生學音樂的料。

兩個月過去。北京進入了嚴冬。

第十四個正字缺一畫的那天，北京大雪，我和行健、米籮躲在房間裡吃火鍋。借來的鍋，煮了三顆大白菜和六斤五花肉，我們熱氣騰騰地接到了王楓的電話。鷹潭肯定也很冷，所以王楓的聲音很大，沒按免提我們都聽得見。王楓在電話裡說：

「行健，米籮，木魚，你們幫我證明一下，我是不是送小花回家的——」

鷹潭的風聲很大，更大的是人聲，一個暴烈的江西男聲從行健的手機裡衝出來：「證明，拿什麼證明？誰信啊！」

又一個暴烈的江西男聲：「跟他廢什麼話——」

在他的尾音裡我們聽見更大的風聲，然後是巨大的撞擊和破裂聲。行健的手機發出了焦躁的、永恆的忙音。行健對著電話喂喂了半天，還是忙音。他給王楓撥回去，一個優美圓潤的女聲在電話裡說——「您撥叫的號碼不存在，請查證後再撥。」

三個月後，我們過完春節，和浩蕩的返城人流一起從老家回到北京。北京重新變成一個無邊無際、五方雜處的大都市。有天下午，我從洪三萬那裡取完他剛印製好的名片回到住處，發現院門口坐著一個穿粉紅底白碎花羽絨服的小女孩。我咳嗽一聲，她抬起頭，是小花。

「小花，王楓呢？」

「哥哥還沒回來嗎？」

「找到你爸媽了嗎？」

「找到了。」小花說，踢了半天門檻，「可是，我爸，他說是哥哥把我拐賣走的。」

見了鬼了，這跟王楓有個屁關係啊。但小花他爹就認准了，他說你們看，我閨女跟著他賣唱，掙的錢肯定都歸他。你們不信？你們聽聽我閨女唱的歌，好不好？好，你們都聽出來了。這麼小的娃兒會唱這麼多歌，得學多久啊！你們相信他是要把娃兒送回來的嗎？鬼才信！你們相信世界上有這樣的好人嗎？看，你們不信了吧。老少爺們兒，幫個忙，把他那什麼琴下了，還有錢。這樣的人得送公安局去！看著長得白白淨淨順順水水的，欺負人欺負到家門口了！

在他們的村口，他們摔了王楓的手機，他們把王楓送進了派出所。王楓和小花怎麼解釋都不行。王楓當然要辯解，他們不聽。而小花要解釋，那一定是受了壞人的脅迫。整個事情在他們村裡突然變得極其簡單，就那麼回事。肯定是那麼回事。沒什麼好說的。

那也是小花最後一次見到王楓。

我把院門打開，小花不進。小花說：「我就過來看看，」然後大哭，「我以為哥哥回來了呢。」

哥哥沒回來。

過了幾天，行健和米籮說，他們在地鐵裡看見小花了。小花在賣唱，抱著一把吉他，唱得還真像模像樣。後面跟著個小個子男人，專門收錢。

「你猜那傢伙是誰？」米籮問我。

「小花的親爹。」

「你怎麼知道的？」米籮說。

我可以說是我猜的嗎。

「長得真他媽像，」行健說，「那塌鼻梁。」

二〇一五年六月二十四日，知春里

如果大雪封門

寶來被打成傻子回了花街，北京的冬天就來了。冷風扒住門框往屋裡吹，門後擋風的塑膠布裂開細長的口子，像只凍僵的口哨，屁大的風都能把它吹響。行健縮在被窩裡說，讓它響，我就不信首都的冬天能他媽的凍死人。我就把圖釘和馬甲袋放下，爬上床。風進屋裡吹小口哨，風在屋外吹大口哨，我在被窩裡閉上眼，看見黑色的西北風如同洪水卷過屋頂，寶來的小木凳被風拉倒，從屋頂的這頭拖到那頭，就算在大風裡，我也能聽見木凳拖地的聲音，像一個胖子穿著四十一碼的硬跟皮鞋從屋頂上走過。寶來被送回花街那天，我把那雙萬里牌皮鞋遞給他爸，他爸拎著鞋對著行李袋比畫一下，準確地扔進門旁的垃圾桶裡：都破成了這樣。那只小木凳也是寶來的，他走後就一直留在屋頂上，被風從那頭颳到這頭，再颳回去。

第二天一早，我爬上屋頂想把凳子拿下來。一夜北風掘地三尺，屋頂上比水洗的還乾淨。經年的塵土和雜物都不見了，瀝青澆過的屋頂露出來。凳子卡在屋頂東南角，我費力地拽出來，吹掉上面看不見的灰塵坐上去。天也被吹乾淨了，像安靜的湖面。我的腦袋突然開始疼，果然，一群鴿子從南邊兜著圈子飛過來，鴿哨聲如十一面銅鑼在遠處敲響。我在屋頂上喊：

「牠們來了！」

他們倆一邊伸著棉襖袖子一邊往屋頂上爬，嘴裡各叼一支彈弓。他們覺得大冬天最快活的莫過於抱著爐子煲雞吃，比雞味道更好的是鴿子。「大補，」米籮說，「滋陰壯陽，要懷孕的娘兒們只要吃夠九十九隻鴿子，一準生兒子。男人吃夠了九十九隻，就是鑽進女人堆裡，出來也還是一條好漢。」不知道他從哪裡搞來的理論。不到一個月，他們倆已經打下五隻鴿子。

我不討厭鴿子，討厭的是鴿哨。那種陳舊的變成昏黃色的明晃晃的聲音，一圈一圈地繞著我腦袋轉，越轉越快，越轉越緊，像緊箍咒直往我腦仁裡紮。神經衰弱也像緊箍咒，轉著圈子勒緊我的頭。它們有相似的頻率和振幅，聽見鴿哨我立馬感到神經衰弱加重了，頭疼得想撞牆。如果我是一隻鴿子，不幸跟牠們一起轉圈飛，我肯定要瘋掉。

「你當不成鴿子。」行健說，「你就管掐指一算，看牠們什麼時候飛過來，我和米籮負責把牠們弄下來。」

那不是算，是感覺。像書上講的蝙蝠接收的超聲波一樣，鴿哨大老遠就能跟我的神經衰弱合上拍。那天早上鴿子們的頭腦肯定也壞了，圍著我們屋頂翻來覆去地轉圈飛。飛又不靠近飛，繞大圈子，都在彈弓射程之外，讓行健和米籮氣得跳腳。他們光著腳只穿條秋褲，嘴唇凍得烏青。他們把所有石子都打光了，罵罵咧咧下了屋頂，鑽回熱被窩。我在屋頂上來回跑，罵那些混蛋鴿子。沒用，人家根本不聽你的，該怎麼繞圈子還怎麼繞。以我豐富的神經衰弱經驗，這時候能止住頭疼的最好辦法，除了吃藥就是跑步。我決定跑步。難得北京的空氣如此之好，不跑浪費了。

到了地上，發現和鴿子們的關係發生了變化。牠們其實並非繞著我們的屋頂轉圈，而是圍著附近的幾條巷子飛。狗日的，我要把你們徹底趕走。這個場景一定相當怪誕：一個人在北京西郊的巷子裡奔跑，嘴裡冒著白氣，頭頂上是鴿群；他邊跑邊對著天空大喊大叫。我跑了至少一刻鐘，一隻鴿子也沒能趕走。牠們起起落落，依然在那個巨大的圓形軌道上。牠們並非不怕我，我在地上張牙舞爪地比畫，牠們就飛得更快更高。所以，這個場景也可以被看成是一群鴿子被我追著跑。然後我身後出現了一個晨跑者。

那個白淨瘦小的年輕人像個初中生，起碼比我要小。他低著頭跟在我身後，頭髮支棱著，簡直就是圖畫裡的雷震子的弟弟。此人和我同一步調，我快他快，我慢他也慢，我們之間保持著一個恆定不變的距離，八米左右。他的路線和我也高度一致。在第三個人看來，我們倆是在一塊追鴿子。如果在跑道上，即使身後有三五十人跟著你也不會在意，但在這冷颼颼的巷子裡，就這麼一個人跟在你屁股後頭，你也會覺得不爽，比三五十人捆在一起還讓你不爽。那感覺很怪異，如同你在被追趕、被模仿、被威脅，甚至被取笑，你有一種莫名其妙的不潔感。反正我不喜歡，但他呼哧呼哧的喘氣聲讓我覺得，這傢伙也不容易，不跟他一般見識了。如果我猜得不錯，他那小身板也就夠跑兩千米，多五十米都得倒下。他要執意像個影子黏在我身後，我完全可以拖垮他。但我停了下來。跑一陣子腦袋就舒服了。過一陣子腦袋又不舒服了。所以我自己也摸不透什麼時候就會突然撒腿就跑。

第二天，我從屋頂上下來。那群鴿子從南邊飛過來了，我得提前把牠們趕走。行健和米籮嫌冷，不願意從熱被窩裡出來。我迎著牠們跑，一路噢噢地叫。牠們掉頭往回飛，然後我覺得大腦皮層上出現了另一個人的腳步聲。如果你得過神經衰弱，你一定明白我的意思：我們的神經如此脆弱，頭疼的時候任何一點小動靜都像發生在我們的腦門上。我扭回頭又看見昨天的那個初中生。他穿著滑雪衫，頭髮變得像張雨生那樣柔軟，在風裡顛動飄拂。我把鴿子趕到七條巷子以南，停下來，看著他從我身邊跑過。他跟著鴿群一路往南跑。

行健和米籮又打下兩隻鴿子。牠們像失事的三叉戟一頭栽下來，在冰涼的水泥路面上撞歪了嘴。煮熟的鴿子味道的確很好，在大冬天玻璃一樣清冽的空氣裡，香味也可以飄到五十米開外；我從吃到的細細的鴿子脖還有喝到的鴿子湯裡得出結論，勝過雞湯起碼兩倍。天冷了，鴿子身上聚滿了脂肪和肉。

如果我是鴿子，犧牲了那麼多同胞以後，我絕對不會再往那個屋頂附近湊；可是鴿子不是我，每天總要飛過來那麼一兩回。我把趕鴿子當成了鍛鍊，跑啊跑，正好治神經衰弱。反正我白天沒事。第三次見到那個初中生，他不是跟在我後頭，而是堵在我眼前；我拐進驢肉火燒店的那條巷子，一個小個子攥著拳頭，最大限度地貼到我跟前。

「你看見我的鴿子了嗎？」他說南方咬著舌頭的普通話。看得出來，他很想把自己弄得凶狠一點兒。

「你的鴿子？」我明白了。我往天上指，「那群鴿子快把我吵死了。」

「我的鴿子又少了兩隻！」

「要是我的頭疼好不了，我把牠們追到越南去！」

「我的鴿子又少了兩隻。」

「所以你就跟著我？」

「我見過你。」他看著我，突然有些難為情，「在花川廣場門口，我看見那胖子被人打了。」

他說的胖子是寶來。寶來為了一個不認識的女孩，在酒吧門口被幾個混混兒打壞了腦袋，成了傻子，被他爸帶回了老家。他說的「花川廣場」是個酒吧，這輩子我也不打算再進去。

「我幫不了你們，」他又說，「自行車腿壞了，車籠子裡裝滿鴿子。我只能幫你們喊人。我對過路的人喊，打架了，要出人命啦，快來救人啊。」

我一點兒想不起聽過這樣咬著舌頭的普通話。不過我記得當時好像是聞到過一股熱烘烘的雞屎味，原來是鴿子。他這小身板的確幫不了我們。

「你養鴿子？」

「我放鴿子。」他說，「你要沒看見……那我先走了。」

走了好，要不我還真不知道怎麼跟他說少了的七隻鴿子。七隻，我想像我們三個人又吃又喝打著飽嗝，的確不是個小數目。

接下來的幾天，在屋頂上看見鴿群飛來，我不再叫醒行健和米籮；我追著鴿群跑步時，身後也不再有人尾隨。我知道我辜負了他的信任，我不知道他是不是也明白這一點。因為不安，反倒不那麼反感鴿哨的聲音了。走在大街上，對所有長羽毛的、能飛的東西都敏感起來，電線上掛了個塑膠袋我也會盯著看上半天。

有天中午我去洪三萬那裡拿墨水，經過中關村大街，看見一群鴿子在當代商城門前的人行道上蹦來蹦去，那鴿子看著眼熟。已經天寒地凍，年輕的父母帶著孩子還在和鴿子玩，還有一對對情侶，露著通紅的腮幫子跟鴿子合影。這個我懂，你買一袋鴿糧餵牠們，你就可以和每一隻鴿子照一張相。我在歡快的人和鴿子群裡看見一個人冰鍋冷灶地坐著，縮著腦袋，脖子幾乎完全躲進了大衣領子裡。這個冬天的確很冷，陽光像害了病一樣虛弱。他的頭髮柔順，他的個頭小，臉白淨，鼻尖上掛著一滴清水鼻涕。我走到他面前，說：

「一袋鴿糧。」

「是你呀！」他站起來，大衣扣子碰掉了四袋鴿糧。很小的透明塑膠袋，裝著八十到一百粒左右的麥粒，一塊五一袋。我幫他撿起來。旁邊是他的自行車和兩個鴿子籠，落滿鴿子糞的飛鴿牌舊自行車靠花牆倚著，果然沒腿。他放的是廣場鴿。我給每一隻鴿子免費餵了兩粒糧食。他把馬紮讓給我，自己鋪了張報紙坐在鋼筋焊成的鴿子籠上。

「鴿子越來越少了。」他說，又把脖子往大衣裡頓了頓。

「你冷？」

「鴿子也冷。」

這個叫林慧聰的南方人，竟然比我還大兩歲，家快遠到了中國的最南端。去年結束高考，作文寫走了題，連專科也沒考上。當然在他們那裡，能考上專科已經很好了。考的是材料加半命題作文。材料是，一人一年栽三棵樹，一座山需要十萬棵樹，一個春天至少需要十三億棵樹，云云。挺詩意。題目是〈如果……〉。他不管三七二十一，上來就寫〈如果大雪封門〉。說實話，他們那裡的閱卷老師很多人一輩子都沒看見過雪長什麼樣，更想像不出什麼是大雪封門。他洋洋灑灑地將種樹和大雪寫到了一起，不知道從哪裡找來的邏輯。在閱卷老師看來，走題走大了。一百五十分的卷子，他對半都沒考到。

父親問他：「怎麼說？」

他說：「我去北京。」

在中國，你如果問別人想去哪裡，半數以上會告訴你，北京。林慧聰也想去，他去北京不是想看天安門，而是想看冬天下大雪是什麼樣子。他想去北京也是因為他叔叔在北京。很多年前林家老二用刀捅了人，以為出了人命，嚇得當夜扒火車來了北京。他是個養殖員，因為跟別人鬥雞鬥紅了眼，順手把刀子拔出來了。來了就沒回去，偶爾寄點錢回去，讓家裡人都以為他發達了。林慧聰他爹自豪地說，那好，投奔你二叔，你也能過上北京的好日子。他就買了張火車站票到了北京，下車脫掉鞋，看見雙腳腫得像兩條難看的大麵包。

二叔沒有想像中那樣西裝革履地來接他，穿得甚至比老家人還隨意，衣服上有星星點點可疑的灰白點子。林慧聰吸溜兩下鼻子，問：「還是雞屎？」

「不，鴿屎！」二叔吐口唾沫到手指上，細心地擦掉老頭衫上的一粒鴿子屎，「這玩意兒乾淨！」

林家老二在北京幹過不少雜活兒，發現還是老本行最可靠，由養雞變成了養鴿子的。不知道他走了什麼狗屎運，弄到了放廣場鴿的差事。他負責養鴿子，定時定點往北京的各個公共場所和景點送，供市民和遊客賞玩。這事看上去不起眼，其實挺有賺頭，公益事業，上面要給他錢的。此外還可以創收，一袋鴿糧一塊五，賣多少都是你的。鴿子太多他忙不過來，姪兒來了正好，他給他兩籠，別的不管，他只拿鴿糧的提成，一袋他拿五毛，剩下都歸慧聰。吃喝拉撒衣食住行慧聰自己管。

「管得了嗎？」我問他。我知道在北京自己管自己的人絕大部分都管不好。

「湊合。」他說，「就是有點兒冷。」

冬天的太陽下得快，光線一軟人就開始往家跑。的確是冷，人越來越少，顯得鴿子就越來越多。慧聰決定收攤，對著鴿子吹了一曲彆扭的口哨，鴿子踱著方步往籠子前靠，牠們的脖子也縮起來。

慧聰住七條巷子以南。那房子說湊合是抬舉它了，暖氣不行。也是平房，房東是個摳門的老太太，自己房間裡生了個煤球爐，一天到晚抱著爐子過日子。她暖和了就不管房客，想起來才往暖氣爐子加塊煤，想不起來拉倒。慧聰經常半夜迷迷糊糊摸到暖氣片，冰得人突然就清醒了。他提過意見，老太太說，知足吧你，鴿子的房租我一分沒要你！慧聰說，鴿子不住屋裡啊。院子也是我家的，老太太說，要按人頭算，每個月你都欠我上萬塊錢。慧聰立馬不敢吭聲了。這一群鴿子，每隻鴿子每晚咕噥兩聲，一夜下來，也像一群人說了通宵的悄悄話，吵也吵死了。老太太不找碴兒算不錯了。

「我就是怕冷。」慧聰為自己是個怕冷的南方人難為情，「我就盼著能下一場大雪。」

大雪總會下的。天氣預報說了，最近一股西伯利亞寒流將要進京。不過天氣預報也不一定準，大部分時候你也搞不清他們究竟在說哪個地方。但我還是堅定地告訴他，大雪總要下的。不下雪的冬天叫什麼冬天。

完全是出於同情，回到住處我和行健、米籮說起慧聰，問他們，是不是可以讓他和我們一起住。我們屋裡的暖氣好，房東是個修自行車的，好幾口燒酒，我們就隔三岔五送瓶「小二」給他，弄得他把我們當成親戚，暖氣燒得盡心盡力。有時候我們懶得出去吃飯，他還會把自己的煤球爐借給我們，七隻鴿子都是在他的爐子上煮熟的。

「好是好，」米籮說，「他要知道我們吃了他七隻鴿子怎麼辦？」

「管他！」行健說，「讓他來，房租交上來咱們買酒喝。還有，總得給兩隻鴿子啥的做見面禮吧？」

我屁顛兒屁顛兒到七條巷子以南。慧聰很想和我們一起住，但他無論如何捨不得鴿子，他情願送我們一隻老母雞。我告訴他，我們三個都是貼小廣告的。小廣告你知道嗎？就是在紙上、牆上、馬路牙子上和電線杆子上印上一個電話，如果你需要假畢業證、駕駛證、記者證、停車證、身分證、結婚證、護照，以及這世上可能存在的所有證件，撥打這個電話，洪三萬可以滿足你的一切要求。電話號碼是洪三萬的。洪三萬是我姑父，辦假證的，我把他的電話號碼刻在一塊山芋或者蘿蔔上；一手拿著山芋或者蘿蔔，一手拿著浸了墨水的海綿，印一下墨水，往紙上、牆上、馬路牙子上和電線杆上蓋一個戳。有事找洪三萬去。寶來被打壞頭腦之前，和我一樣都是給我姑父貼廣告的。行健和米籮也幹這個，老闆是陳興多。

「我知道你們幹這個，晝伏夜出。」慧聰不覺得這職業有什麼不妥，「我還知道你們經常爬到屋頂上打牌。」

沒錯，我們晚上出去貼廣告，因為安全；白天睡大覺，無聊得只好打牌。我幫著慧聰把被褥往我們屋裡搬，他睡寶來那張床。隨行李他還帶來一隻褪了毛的雞。那天中午，行健和米籮圍著爐子，看著滾沸的雞湯吞嚥口水，我和慧聰在門外重新給鴿子們搭窩。很簡單，一排鋪了枯草和棉花的木盒子，門打開，牠們進去，關上，牠們老老實實地睡覺。鴿子們像我們一樣住集體宿舍，三四隻鴿子一間屋。我們找了一些石棉瓦、硬紙箱和布頭把鴿子房包擋起來，防風又保暖。要是四面透風，鴿子房等於冰箱。

那隻雞是我們的牙祭，配上我在雜貨店買的兩瓶二鍋頭，湯湯水水下去後我有點暈，行健和米籮有點燥，慧聰有點熱。我想睡覺，行健和米籮想找女人，慧聰要到屋頂上吹一吹。他很多次看過我們在屋頂上打牌。

風把屋頂上的天吹得很大，燒暖氣的幾根煙囪在遠處冒煙，被風扯開來像幾把巨大的掃帚。行健和米籮對屋頂上揮揮手，詭祕地出了門。他們倆肯定會把省下的那點錢用在某個肥白的身子上。

「我一直想到你們的屋頂上，」慧聰踩著寶來的凳子讓自己站得更高，悠遠地四處張望，「你們扔掉一張牌，抬個頭就能看見北京。」

我跟他說，其實這地方沒什麼好看的，除了高樓就是大廈，跟咱們屁關係沒有。我還跟他說，穿行在遠處那些樓群叢林裡時，我感覺像走在老家的運河裡，一個猛子扎下去，不露頭，踩著水暈暈乎乎往前走。

「我想看見大雪把整座城市覆蓋住。你能想像那會有多壯觀嗎？」說話時慧聰輔以宏偉的手勢，基本上能夠觀古今於須臾、撫四海於一瞬了。

他又回到他的「大雪封門」了。讓我動用一下想像力，如果大雪包裹了北京，此刻站在屋頂上我能看見什麼呢？那將是白茫茫一片大地真乾淨，將是銀裝素裹無始無終，將是均貧富等貴賤，將是高樓不再高、平房不再低，高和低只表示雪堆積得厚薄不同而已——北京就會像我讀過的童話裡的世界，清潔、安寧、飽滿、祥和，每一個穿著鼓鼓囊囊的棉衣走出來的人都是對方的親戚。

「下了大雪你想幹什麼？」他問。

不知道。我見過雪，也見過大雪，在過去很多個大雪天裡我都無所事事，不知道自己想幹什麼。

「我要踩著厚厚的大雪，咯吱咯吱把北京城走遍。」

幾隻鴿子從院子裡起飛，跟著嘩啦啦一片都飛起來。超聲波一般的聲音又來了。「能把鴿哨摘了嗎？」我抱著腦袋問。

「這就摘。」慧聰準備從屋頂上下去，「戴鴿哨是為了防止小鴿子出門找不到家。」

訓練鴿子習慣新家，花了慧聰好幾天時間。他就用他不成調的口哨把一切順利搞定了。沒了鴿哨我還是很喜歡鴿子的，每天看牠們起起落落覺得挺喜慶，好像身邊多了一群朋友。

但是鴿子隔三岔五在少。我弄不清原因，附近沒有鴿群，不存在被拐跑的可能。我也沒看見行健和米籮明目張膽地射殺過，他們的彈弓放在哪兒我很清楚。不過這事也說不好。我和他們倆替不同的老闆幹活兒，時間總會岔開，背後他們幹了什麼我沒法知道；而且，上次他們倆詭祕地出門找了一趟女人之後，就結成了更加牢靠的聯盟，說話時習慣了你唱我和。慧聰說他懂，一起扛過槍的，一起同過窗的，還有一起嫖過娼的，會成鐵哥們兒。好吧，那他們搞到鴿子到哪裡煮了吃呢？

慧聰不主張瞎猜，一間屋裡住的，亂猜疑傷和氣。行健和米籮也一本正經地跟我保證，除了那七隻，他們絕對沒有對第八隻下過手。

我和慧聰又追著鴿子跑。鍛鍊身體又保護小動物，完全是兩個環保實踐者。我們倆把北京西郊的大街小巷都跑遍了，鴿子還在少，雪還沒有下。白天他去各個廣場和景點放鴿子，晚上我去馬路邊和社區裡貼小廣告，出門之前和回來之後都要清點一遍鴿子。數目對上了，很高興，彷彿逃過了劫難；少了一隻，我們就悶不吭聲，如同給那隻失蹤的鴿子致哀。致過哀，慧聰會冷不丁冒出一句：

「都怪鴿子營養價值高。我剛接手叔叔就說，總有人惦記鴿子。」

可是我們沒辦法，被惦記上了就防不勝防。你不能晚上抱著鴿子睡。

西伯利亞寒流來的那天晚上，風颳到了七級。我和行健、米籮都沒法出門幹活兒，決定在屋裡擺一桌小酒樂呵一下。石頭剪刀布，買酒的買酒，買菜的買菜，買驢肉火燒的買驢肉火燒；我們在爐子上燉了一大鍋牛肉白菜，四個人圍爐一直喝到凌晨一點。我們根據風吹門後的哨響來判斷外面的寒冷程度。門外的北京一夜風聲雷動，夾雜著無數東西碰撞的聲音。我們喝多了，覺得世界真亂。

第二天一早慧聰先起，出了屋很快進來，拎著四隻鴿子到我們床前，苦一張小臉都快哭了。四隻鴿子，硬邦邦地死在牠們的小房間前。不知道牠們是怎麼出來的，也不知道牠們出來以後木盒子的門是如何關上的。喝酒之前我們仔細地檢查了每一個鴿子房，確信即使把這些鴿子房原封不動地端到西伯利亞，鴿子也會暖暖和和地活下來的。但現在牠們的確凍死了，死前啄過很多次木板小門，臨死時把嘴插進了翅膀的羽毛裡。

「你聽見他們起夜沒？」我問慧聰。

「我喝多了，睡得跟死了一樣。」

我也是。我擔保行健和米籮也睡死了，他們倆的酒量在那兒。那只能說這四隻鴿子命短。扔了可惜，米籮建議賣給我們煮了吃。我趕緊擺手，那幾隻鴿子我都認識，如果牠們有名字，我一定能隨口叫出來，哪吃得下。慧聰更吃不下，他把鴿子遞給行健和米籮，說，隨你們，別讓我看見。然後走到院子裡，蹲在鴿子房前，伸頭看看，再抬頭望望天。

拖拖拉拉吃完了早飯，已經十點半，慧聰馱著他的兩籠鴿子去西直門。行健對米籮斜了一下眼，兩人把死鴿子裝進塑膠袋，拎著出了門。我遠遠地跟上去。我知道西郊很大，我自以為跑過了很多街巷，但跟著他們倆，我才知道我所知道的西郊只是西郊極小的一部分。北京有多大，北京的西郊就有多大。

拐了很多彎，在一條陌生的巷子裡，行健敲響了一扇臨街的小門。這是破舊的四合院正門邊上的一個小門，一個年輕的女人側著半個身子探出門來，頭髮蓬亂，垂下來的鬈髮遮住了半張白臉。她那件太陽紅的貼身毛衣把兩個乳房鼓鼓囊囊地舉在胸前。她接過塑膠袋放到地上，左胳膊攬著行健，右胳膊攬著米籮，把他們摁到自己的胸前，摁完了，拍拍他們的臉，冷得搓了兩下胳膊，關上了門。我躲到公共廁所的牆後面，等行健和米籮走過去才出來。他們倆在爭論，然後相互對擊了一下掌。

我對他們倆送鴿子的地方的印象是，牆高，門窄小，牆後的平房露出一部分房頂，黑色的瓦楞裡兩叢枯草抱著身子在風裡搖擺。聽不見自然界之外的任何聲音。就這些。

誰也不知道鴿子是怎麼少的。早上出門前過數，晚上睡覺前也過數，在兩次過數之間，鴿子一隻接一隻地失蹤了。我挑不出行健和米籮什麼毛病，鴿子的失蹤看上去與他們沒有絲毫關係，他們甚至把彈弓擺在誰都看得見的地方。寶來在的時候他們就不愛帶我們倆玩，現在基本上也這樣，他們倆一起出門，一起談理想、發財、女人等宏大的話題。我在屋頂上偶爾會看見他們倆從一條巷子拐到另外一條巷子，曲曲折折地走到很遠的地方。當然，他們是否敲響那扇小門，我看不見。看不見的事不能亂猜。

鴿子的失蹤慧聰無計可施。「要是能揣進口袋裡就好了，」他坐在屋頂上跟我說，「走到哪兒我都知道牠們在。」不怕賊偷就怕賊惦記，越來越少是必然的，這讓他滿懷焦慮。他二叔已經知道了這情況，拉下一張公事公辦的臉，警告他就算把鴿子交回去，也得有個差不多的數。什麼叫個差不多的數呢？就眼下的鴿子數量，慧聰覺得已經相當接近那個危險而又精確的概數了。「我的要求不高，」慧聰說，「能讓我來得及看見一場大雪就行。」當時我們頭頂上天是藍的，雲是白的，西伯利亞的寒流把所有髒東西都帶走了，新的汙染還沒來得及重新布滿天空。

天氣預報為什麼就不能說說大雪的事呢。一次說不準，多說幾次總可以吧。

可是鴿子繼續丟，大雪遲遲不來。這在北京的歷史上比較稀罕，至今一場像樣的雪都沒下。慧聰為了保護鴿子幾近寢食難安，白天鴿子放出去，常邀我一起跟著跑，一直跟到牠們飛回來。夜間他通常醒兩次，凌晨一點半一次，五點一次，到院子裡看鴿子們是否安全。就算這樣，鴿子還是在丟。與危險的數目如此接近，行健和米籮都看不下去了，夜裡起來撒尿也會幫他留一下心。他們勸慧聰想開點兒，不就幾隻鴿子嘛，讓你二叔收回去吧，沒路走跟我們混，哪裡黃土不埋人。只要在北京，機會遲早會撞到你懷裡。

慧聰說：「你們不是我，我也不是你們；我從南方以南來。」

終於，一月將盡的某個上午，我跑完步剛進屋，行健戴著收音機的耳塞對我大聲說：「告訴那個林慧聰，要來大雪，傍晚就到。」

「真的假的，氣象臺這麼說的？」

「國家氣象臺、北京氣象臺還有一堆氣象專家，都這麼說。」

我出門立馬覺得天陰下來，鉛灰色的雲在發酵，看什麼都覺得是大雪的前兆。我在當代商城門前找到慧聰時，他二叔也在。林家老二挺著啤酒肚，大衣的領子上圍著一圈動物的毛。「不能幹就回家！」林家老二兩手插在大衣兜裡，說話像個鄉鎮幹部，「首都跟咱老家不一樣，這裡講究適者生存、優勝劣汰。」慧聰低著腦袋，因為早上起來沒來得及梳理頭髮，又像雷震子一樣一叢叢站著。他都快哭了。

「專家說了，有大雪。」我湊到他跟前，「絕對可靠。兩袋鴿糧。」

慧聰看看天，對他二叔說：「再給我兩天。就兩天。」

回去的路上我買了二鍋頭和鴨脖子。一定要坐著看雪如何從北京的天空上落下來。我們喝到十二點，慧聰跑出去五趟，一粒雪星子都沒看見。夜空看上去極度的憂傷和沉鬱，然後我們就睡了。醒來已經上午十點，什麼東西抓門的聲音把我們驚醒。我推了一下門，沒推動，再推，還不行，猛用了一下勁兒，天地全白，門前的積雪到了膝蓋。我對他們三個喊：

「快，快，大雪封門！」

慧聰穿著褲衩從被窩裡跳出來，赤腳踏入積雪。他用變了調的方言嗷嗷亂叫。鴿子在院子裡和屋頂上翻飛。這樣的天，麻雀和鴿子都該待在窩裡哪兒也不去的。這群鴿子不，一刻也不閒著，能落的地方都落，能撓的地方都撓，就是牠們把我們的房門抓得刺刺啦啦直響。

兩隻鴿子歪著腦袋靠在窩邊，大雪蓋住了木盒子。牠們倆死了，不像凍死，也不像餓死，更不像窒息死。行健說，這兩隻鴿子歸他，晚上的酒菜也歸他。我們要慶祝一下北京三十年來最大的一場雪。收音機裡就這麼說的，這一夜飄飄灑灑、紛紛揚揚，落下了三十年來最大的一場雪。

簡單地墊了肚子，我和慧聰爬到屋頂上。大雪之後的北京和我想像的有不小的差距，因為雪沒法將所有東西都蓋住。高樓上的玻璃依然閃著含混的光。但慧聰對此十分滿意，他覺得積雪覆蓋的北京更加莊嚴，有一種黑白分明的肅穆，這讓他想起黑色的石頭和海邊連綿的雪浪花。他團起一顆雪球一點點咬，一邊吃一邊說：

「這就是雪。這就是雪。」

行健和米籮從院子裡出來，在積雪中曲折地往遠處走。鴿子在我們頭頂上轉著圈子飛，我替慧聰數過了，現在還勉強可以交給他叔叔，再少就說不過去了。我們倆在屋頂上走來走去，腳下的新雪蓬鬆溫暖。我告訴慧聰，寶來一直說要在屋頂上打牌打到雪落滿一地。他沒等到下雪，不知道他以後是否還有機會打牌。

我也搞不清在屋頂上待了多久，反正肚子餓得咕嚕咕嚕叫。那會兒行健和米籮剛走進院子。我們從屋頂上下來，看見行健拎著那個裝著死鴿子的塑膠袋。

「媽的，她回老家了。」他說，腳對著牆根兒一陣猛踹，塑膠袋嘩啦啦直響，「他媽的回老家等死了！」

米籮從他手裡接過塑膠袋，摸出根菸點上，說：「我找個地方把鴿子埋了。」

二〇一一年十二月十七日，知春里

兄弟

尋找孿生兄弟的少年從兩軍對壘的中間地帶走過，在殺聲震天之前，對左右兩隊人馬各看了一眼。月光正好，我躲在人群裡，看見他轉向我們一邊時，夢幻般地笑了一下。

一個星期以前，他從南方某個城市來到北京，下火車，背著雙肩包，走走停停，最終落腳到我們隔壁的院子，和幾個江西來的賣盜版光碟的住在了一起。本來他想跟我們合租。寶來被打成傻子回了花街，兩張高低床就空出一個床位，但行健和米籮藉口最近有老鄉要來，沒答應。哪有什麼老鄉，他倆就是看他不放心，聊完後就把人家打發走了。

「你看他那眼神，」行健對著我半瞇一雙眼，「迷離嗎？」我點點頭。「像個神經病嗎？」米籮問我。我也點頭。必須承認，行健學得很像，他的大眼睛合上一半，立馬山遠水遠，恍恍惚惚如在夢中。

他們斷定這傢伙有毛病。想想也是，正常人誰會到北京來找另一個自己。開始他跟我們說，還有一個叫戴山川的人活在這世上，就在北京。我們說，當然，只要不是稀奇古怪的名字，兩千多萬人裡肯定能抓到幾個同名的。不，戴山川糾正我們，不僅同名同姓，他跟我是同一個人。我、行健和米籮仨人後背上的汗毛瞬間豎了起來。同一個人！戴山川瞇起了眼，目光幽幽地放出去，像一隻翅膀無限延長的烏鴉飛過城市的上空，從北京西郊一直飛到了朝陽區，再往前，飛到了通州。當時我們坐在屋頂上，這是我們能夠給客人提供的最高禮遇。

我們希望他能睡到寶來的那張空床上，這樣就可以把每個人的房租從三分之一降低到四分之一。

「看，這就是北京。」行健在屋頂上對著浩瀚的城市宏偉地一揮手，「在這一帶，你找不到比這更好的房子了。爬上屋頂，你可以看見整個首都。」

戴山川慢悠悠地點頭，「嗯，我一定能在這裡找到戴山川。」

「你確定要找的是戴山川？」我問。

「不是戴山河？」行健問。

「或者戴山水？」米籮說。

「不是。」戴山川自信地笑了笑。後來我們一致認為，不管從哪個角度看，他笑得都有點詭異陰森。戴山川一邊笑一邊說，「我要找的就是另一個自己。」

接下來他坐在屋頂上我們唯一的一把竹椅子裡，跟我們講他要找的那個戴山川。他是看著那個戴山川的照片長大的。他從口袋摸出一張揉皺了的五寸照片，一個白白胖胖的男孩咧著嘴傻笑，可能一歲都不到，頂著一頭稀疏柔軟的黃毛。「戴山川。」他說。然後從另一個口袋又摸出一張照片，十歲左右的男孩，人五人六地穿著一身花格子小西裝，雙手掐腰繼續傻笑，為拍照臨時梳了一個三七開的分頭。他說：「我。」

「戴山川。」我說。那個不到一歲的小東西八九年後變成了花格子西裝，又過了六七年，小西裝和我們一起坐在了黃昏時分北京的屋頂上。不會錯，看得出來的。

「我。」

「你就是戴山川。」行健說。

「他是他，我是我。」

「戴山川就是你。」米籮說。

「我是另一個他，他是另一個我。」

有點亂。

行健先覺得問題不對的，他指著飛過頭頂的一群鴿子說：「狗日的打下來一隻吃吃。」

我和米籮一起追著鴿子看。但戴山川的目光依然像烏鴉一樣寬闊地滑翔，鴿群不在他眼裡。他堅持要跟我們說說另一個戴山川的事。

事情其實很簡單，我們可能都經歷過。小時候不聽話，父母就會說，早知道不要你了，要另外一個了。另外哪一個呢？另外一個「我」，或者我的「兄弟」或「姊妹」。在父母的敘述中，那個「我」或者我的「兄弟姊妹」，因為養不起，因為不聽話，因為某些其他原因，送人了。現在他們後悔了，因為我們讓他們很頭疼。必須承認，這一招挺好使，年少時我們的小神經都繃不住，擔心真有個誰掉頭殺回來，穿上我們的衣服，戴上我們的帽子和手套，端了我們的茶杯和飯碗，搶了父母給我們的愛，代替我們活在這世上，於是乖乖地做回個好孩子。這種玩笑式的騙局也就管用那麼幾年，大一點再怎麼編派我們都不信了。大人肯定也覺得編下去很無聊，又轉回到最好使的方法上：簡單粗暴型責罵。但是戴山川跟我們不一樣，他是家裡獨子，爺爺奶奶、外公外婆、爸爸媽媽、叔叔嬸嬸、舅舅姑媽，一大群人供著這麼一個寶貝疙瘩，哪捨得動粗的，連假想敵都捨不得給他樹立成別人。這個世界上，能與他競爭的只有他自己。一歲不到，他不好好吃飯，爺爺奶奶指著一張鑲在精美相框裡的大照片（就是他掏給我們看的五寸照片的放大版）說：

「認識嗎，這是誰？」

戴山川指指自己。

爺爺奶奶搖搖頭，「不是這裡的你，是在北京的你。」

戴山川晃晃悠悠走到穿衣鏡前，要鑽進鏡子裡把自己找出來。

他不好好睡覺，爸爸媽媽也指著那張大照片給他看。「再不睡，咱們換了那個戴山川回來吧。」

戴山川趕緊閉上眼。

只要家裡人往相框裡一指，戴山川立馬老實。戴山川說，很多年裡，他最怕的人不是父母，不是老師，也不是班上抽菸打架的男同學和馬路上遊手好閒的流氓阿飛，而是牆上的那個自己。他怕到了恨的程度。那個遠在北京的自己，他是他最大的敵人。那張照片拍得很立體，不管從哪個角度看，兩隻眼睛都在盯著你。小小的戴山川用眼睛餘光掃一下相框，在北京的那個自己就警醒地注意到了，搞得年幼的戴山川被迫成了整個社區最聽話的孩子。進了學校，他也是好學生典型，老師一次次要求大家向他看齊。他想過把照片給毀掉，不敢明目張膽地下手，裝作不小心碰掉了相框，玻璃碎了。母親倒沒怎麼批評他，拿去裝潢店重新鑲了一個更漂亮的相框，還掛在原處。父親說，別再亂碰了啊。

後來，他終於長大到明白鏡框裡的那個小孩不過是父母管教和要脅他的藉口，因為那個戴山川一直停留在不到一歲的模樣，而他一天天長大了。但他發現自己已經離不開他了。這麼多年，他只有他自己這一個朋友。沒有兄弟姊妹，從學校回家，同齡的玩伴都沒有，家裡人怕他被人欺負，怕他出去跟孩子們瘋玩影響學習，怕跑步摔倒了，怕他跟別人爭執時打架。他只能跟牆上的自己玩。他跟相框裡的戴山川說：

「戴山川，你好。」

他又代戴山川回答：「你也好，戴山川。」

「戴山川你吃了嗎?」

他再自己答:「我吃了,戴山川。你呢?」

「我也吃了。你知道〈登鸛雀樓〉這首詩嗎?」

「我還會背呢。白日依山盡,黃河入海流。欲窮千里目,更上一層樓。」

「爸媽今天早上吵架了,你知道為什麼嗎?」

「天熱了唄。」

「晚上又吵了。」

「因為空調沒修好。」

「老師下午批評我了,說我不團結同學。」

「那是因為你有我這樣的朋友。」

「沒錯,你說得對。」

沒錯,相框裡的戴山川成了戴山川的朋友。他喜歡跟他說話,他也習慣了想像一個也叫戴山川的自己,如何在一個陌生但十分有名的城市生活。他是最好的朋友,也是唯一的朋友。他一個人在家,從不覺得孤獨;或者說,學會和另一個自己交流以後,就不再覺得孤獨了。

「沒準你真有個雙胞胎兄弟呢？」我提醒他。

「要是有個雙胞胎兄弟，」行健說，「這事我倒還能理解一點。但另一個自己，咳咳，聽著都瘆得慌。」

「除非你有精神分裂症。」米籮說。

「我也想過，」戴山川坐在我們的屋頂上，把那張五寸舊照片翻來覆去地看，「但我爸媽說，他們只生了我一個孩子。一個人在世上，會不會真有自己的分身呢？」他從兜裡又掏出一張照片，顯然是他剛拍的，「比如，你們在北京見過一個長得像這樣的人嗎？」

行健打了個哆嗦，撇撇嘴。「不行了，憋得不行。我得上廁所了。」

他要從屋頂上下來。米籮也跟著下，我也站起來。北京是個大地方，的確什麼稀奇古怪的事都可能發生，但這事可能性很小。

「我還沒說完呢。」戴山川說。

「不用說完了。」行健已經下到了地上，「空床位暫時不租了，這幾天我們老鄉要來借住，是不是啊你們倆？」

我和米籮說：「嗯，是。」

事情就這麼結束了。我把戴山川送出門，朝隔壁努努嘴，「那邊應該還有空床位，你去試試？」

第二天早上我頭疼病犯了，在街巷裡跑步，經過隔壁敞開的院門，聽見有人含混地嗨了一聲。我停下，伸頭往裡看，戴山川蹲在水龍頭邊刷牙，滿嘴泡沫地對我擺擺手。

那段時間我們的活兒都停了，小廣告不能再貼了。那是「城市牛皮癬」，員警見了抓，城管見了也抓，環衛工人見了也要追著你跑。其他遊街串巷的小商販，開三輪車賣水果的，擺攤賣盜版光碟的，辦假證的，地鐵口賣唱的，推小車街頭巷口攤煎餅果子、炸火腿腸、賣切糕、賣豆漿稀飯包子盒飯的，四處遊蕩賣笛子、二胡、葫蘆絲的，也都老老實實地蹲在出租屋裡了。沒有人說不許出去，但你要出去那就是找死。全北京都在整頓。聽說要開重要會議。

忙著掙錢時，大家相安無事，有矛盾有競爭也沒時間掰扯；現在閒下來，有問題解決問題，沒事的也相互找個碴兒，吵嘴的吵嘴，打架的打架，反正都不能讓光陰虛度了。開始還是單挑，誰有矛盾誰解決，文的武的都行；後來就亂了，以武為主，誰有矛盾一大群人都上。一個籬笆三個樁，誰還沒有幾個哥們兒朋友。當然，事情開始也可能只是起因於一兩個人之間的衝突，後來雪球越滾越大，逐漸分出了派別。反正我差不多看明白的時候，已經每天都有一兩場群架了。一個地方的老鄉結成夥，職業相近的一群也拉成幫；今天上午我找你的事，晚上就變成了你尋我的麻煩。剛開始都還節制，只用拳頭和身體，後來逐漸抄上了傢伙，棍棒、鏟煤的鐵鍬、通爐子的火鉗，還有年輕人防身的匕首和九節鞭，有的菜刀和炒菜鏟子也拿出來了。傢伙都挺亮眼，在月亮地裡閃閃發光，但真打起來，大家還是知道深淺的。開戰之前，雙方的帶頭大哥都提醒自己的隊伍：出門在外，都悠著點，一家老小都眼巴巴地看著咱們呢。所以，儘管西郊那段時間事情不斷，也傷了幾個，但基本都沒走原則，打群架更像是個集體遊戲，成了清閒無聊時日裡的調劑。不得不承認，打架還是挺激動人心的，每天早上醒來，我們一幫遊手好閒的傢伙都像打了雞血。

行健和米籮塊頭大，一身的火氣都憋成了臉上紫紅的青春痘，這種事肯定不會錯過。每天他倆出征前，輪番把房東家裡的各種能充當武器的傢伙都操練一遍，然後像打虎的武松那樣提著出門。我膽小，偶爾跟在江浙一派的隊伍裡起起鬨，充其量是個啦啦隊員；真打起來，很慚愧，我就躲到牆角和樹根下了，整個人哆嗦成一團。關鍵是那時候頭疼。神經衰弱面對那種場面會突然爆發，我跟自己的腦袋做鬥爭的精力都跟不上。這種時候，我最常幹的就是撒開腿就跑。不是逃跑，是長跑，只有跑步才能振奮我衰弱的神經。

那天晚上，戴山川從兩軍對壘之間夢遊般地穿過，我躲在老鄉們的後面。戰鬥一觸即發，我聽見腦袋裡有一種明晃晃的聲音從遠處蛇行而至，頭疼馬上要開始。我拍著腦袋對行健說：

「不行了，我得跑。」

「跑吧跑吧，」行健握著房東留下來的一根油漆剝落的棒球棍，已然進入一級戰備狀態，「就沒指望過你。」

我敲打著太陽穴，後退，像個逃兵，跑步穿過月光下的巷子。跑到「花川廣場」酒吧那條街，遇上戴山川。他藉著月光和路燈光看每一家店鋪的櫥窗和看板。我停下來，我都聽得出來自己聲音裡的嘲諷：

「還在找你自己？」

「我就轉轉。」戴山川一點都不像在開玩笑，「如果真有另一個我生活在北京，那我得把這個城市好好看清楚。」

還不在頻道上。「你就沒想過你爸媽從小就在騙你？」

「我知道。那又有什麼關係？」他笑瞇瞇地把盯著櫥窗的目光轉向我，「我們需要另外一個自己。你想想，如果還有另一個你，想像出他的一整套完整的生活，多有意思！我從小就想，那一個我，我一定要看看他是怎麼生活的。」

不在一個頻道上。我又問：「你不是瞞著家人翹課來北京的吧？」

「我爸媽知道。他們說，好吧，出門看看也好。」

好吧。這一家人都不在頻道上。

「你就沒想過，這世界上還會有另一個自己？或者，你還有一個孿生兄弟？而你和你的孿生兄弟正好被互換了名字，你其實是作為你的孿生兄弟生活在這裡，而你，現在正由你的孿生兄弟代替著生活在另外一個地方。」

有點繞。跑了兩條街剛剛緩解一點的頭疼又加重了。我腦子有問題，他比我的還嚴重。

「我沒兄弟，只有一個姊姊。」

「如果有呢？」他很認真地提醒我，「再想想。」

沒有如果，我對他擺擺手。跑步是治療神經衰弱的唯一方法，別的只能加重病情。他還要提醒，我已經跑到了「花川廣場」的另一邊。

「如果有呢？」他提醒鴨蛋，「再想想，你爸媽沒說過？」

鴨蛋抱著小腮幫子歪著頭想。「有！」他開心地拍著巴掌，「我媽媽說，我要再哭，她就把所有好吃的都給我弟弟。」

「你媽媽說過你弟弟在哪兒了嗎？」

鴨蛋撇撇嘴，「沒有，我媽媽就說，長得跟我差不多。」

他把鴨蛋從小板凳上拉起來，「走，我帶你去看看你弟弟長什麼樣。」

我站在屋頂上，看見戴山川牽著鴨蛋的小手出了隔壁的院子。

鴨蛋四歲，河南人老喬的兒子。喬什麼不知道，他和老婆帶著鴨蛋在北京賣雞蛋灌餅，每天一大早推著車子到地鐵口或者公交月臺邊，一個雞蛋灌餅兩塊五毛錢，多要一個雞蛋就再加一塊。上班的年輕人來來往往，一個早上能賣幾百個灌餅。順帶還賣杯裝的稀飯和豆漿。兩口子一個在平底鍋上加熱頭一天晚上做好的餅、煎出一個個焦黃的雞蛋，一個賣豆漿、稀飯連帶收錢。鴨蛋早上起不來，被鎖在家裡，不必早早出門的房客順便幫著照應一下。

老喬一家住在戴山川租住的院子裡。區別在於，戴山川和幾個賣盜版碟的擠在正房裡，老喬一家租住的是院子裡單蓋的一間屋。西郊租戶多，是個房子就走俏，很多房東都在院子裡搭建簡易房。單磚跑到頂，樓板封蓋，再苫上石棉瓦，風雨不怕，就是冬冷夏熱。就這樣也搶手，便宜，一家人單獨租一間，倒也清靜。老喬就租了隔壁院子裡唯一的一間簡易房。

鴨蛋不叫鴨蛋，因為腦袋長出了鴨蛋形，老喬兩口子又賣雞蛋灌餅，大家就叫他鴨蛋。叫多了，老喬兩口子也跟著叫鴨蛋，本來的名字大家就給忘了。鴨蛋肯定是獨生子，這我敢肯定。老喬說過，能養活一個就不錯了，再超生二胎，這幾年的雞蛋灌餅就白賣了，也湊不上那罰款。

老喬帶老婆一早推著車子出門了，想找個安全的地方。遠點無所謂，整天閒著做不了生意，他們心裡急。鴨蛋留在家裡跟一幫閒人玩。現在，戴山川把鴨蛋帶出了院子。

我在屋頂的太陽底下打了個瞌睡，也就二十分鐘，戴山川和鴨蛋回來了。鴨蛋手裡舉著一張大照片對我喊：

「木魚哥哥，你看，我弟弟！」

什麼弟弟，就是鴨蛋自己。這個戴山川是真能忽悠，帶鴨蛋去了趟照相館，就給他撿來個弟弟。那張照片拍得還算講究，攝影師給鴨蛋換了身時髦的小衣服，襯衫、領結，還有件掛著懷錶的小馬甲，鴨蛋裝成弟弟，兩隻手有模有樣地插在褲兜裡。

我走到屋頂邊緣，跟戴山川說：「你這不是禍害鴨蛋嗎。」

「怎麼是禍害？」戴山川說，「鴨蛋多孤單，整天一個人鎖家裡，咱們得給他找個伴兒。」

聽得我倒是心頭一熱。小時候我出疹子，不能見風，又怕傳染別人，父母就把我鎖在屋裡，無聊得我跟鬧鐘和暖水瓶都聊起了天。我就問鴨蛋：

「鴨蛋，那你告訴哥哥，你弟弟叫什麼名字？」

「雞蛋！」鴨蛋自豪地說，「我叫鴨蛋，我弟弟叫雞蛋！」

好吧。千萬別再給他找個哥哥，要不雞鴨鵝齊了。「鴨蛋，你弟弟跟你長得真像啊。」

「那當然，」鴨蛋舉著照片對我揮動，「雞蛋是我弟弟嘛。」

必須說，雞蛋對鴨蛋起到了效果。這是戴山川跟我說的，老喬兩口子請他吃了兩個雞蛋灌餅，外加一杯綠豆粥。那段時間綠豆粥價錢上去了。有專家說，綠豆包治百病，超市裡的綠豆價翻了三番還是供不應求。老喬說，雞蛋太好使了，只要一指貼在牆上的雞蛋，鴨蛋立馬聽話，該吃時吃，該喝時喝，該睡覺睡覺。一個人待著也不吵不鬧，臉對臉跟雞蛋說話，弟弟長弟弟短，那個親熱勁兒，搞得他老婆都想再生一個娃了。

此言應該不虛，那段時間老喬和他老婆的確沒找我幫過忙，要在過去，隔三岔五早上我都得跑過去，看看鴨蛋睡醒了沒有。

出大事了。沒擦槍也會走火，出了人命。週六下午又有一場大戰，雙方人數都過了三十，抄著傢伙，那場面有點壯觀。械鬥之前照例是舌戰。兩邊對罵時，一輛貨車開過來，嘀嘀嘀喇叭聲摁得急，大家本能地就緊急往後退。前面的擠後面，後面的繼續往後擠。有人被推倒了，側身倒在一把鋤頭上。鋤頭是房東過去在院子裡開荒種菜時用的，房子租出去後，鋤頭就放在雜物間裡，被打群架的搜了出來。為了讓武器更具有威懾力，持鋤頭的傢伙特地把鋤頭打磨了一番，明晃晃亮閃閃，能當鏡子照，鋒利自不必說。寸就寸在，當時持鋤人拄著鋤柄，鋤刃自然就朝上，倒下的胖崔脖子直直就撞了上去，動脈和氣管一起切斷了。一群人圍上來，眼見著胖崔像上了岸的魚一挺再挺，脖子底下直往外冒血泡，呼嚕呼嚕只有出氣沒有進氣的聲音把大家嚇壞了，搓著手乾著急。有膽大的上來捂住他傷口，旁邊的人趕緊打一二〇。一二〇到時，胖崔已經死了。

那天我沒在現場。戴山川帶著鴨蛋爬上了我們的屋頂，一個跟我講另一個戴山川，一個跟我講雞蛋。戴山川說，他遊走在人群裡，看著一張張千差萬別的臉，覺得這世界真是神奇。既然有那麼多不同的臉，一定也會有一張跟他一樣的臉，他相信長著那張臉的戴山川一定也會在茫茫人海裡尋找他。這麼一想，他就覺得他跟這個世界有了無窮多的聯繫，對面走過來的每一個人，都可能是另一個自己。他覺得自己像一環不可或缺的扣，被織進了一張大網裡。

「你確信真有另一個自己？」

「這樣的感覺不好嗎？」他說，「鴨蛋都喜歡上了他的弟弟。」

「嗯，我天天跟弟弟說話。」鴨蛋真是給戴山川長臉，他手舞足蹈地說，「我弟弟可乖了，給他糖都不吃，還要給我大白兔。」

我對戴山川說：「恭喜你，這麼快就找到傳人了。」

戴山川對我擠著眼笑。這時候行健和米籮跌跌撞撞跑回來了。進了門米籮就朝屋頂上喊：

「你崔哥去了——」

「哪個崔哥？」我問。

「胖崔！」行健喊起來。

「去做臭鱖魚了？」我真沒想到米籮還能這麼文雅地稱呼死亡。我能想到的崔哥就是那個安徽來的胖廚子，做一手好菜，尤其臭鱖魚。自備的料，在他的出租屋裡做，吃得我舌頭差點嚥進肚子裡。

「死啦！」行健的聲音都變了。他親眼看見崔哥血盡氣絕，他被嚇著了。

在人海裡找到一個跟自己長得一模一樣的人不容易，一個人說死就死也同樣不容易啊，但胖崔的確死了。行健和米籮一屁股坐在院子裡，我坐在屋頂上一時半會兒也站不起來。我們都吃過崔哥的臭鱖魚，喝過他熬的母雞湯。他說，徽菜的特點就七個字：鹽重，腐敗，有點黃。「腐敗」的是臭鱖魚，「有點黃」的是老母雞湯。他那麼認真的一個人，說到「有點黃」臉都紅了。

問題是，胖崔跟誰都沒有過節兒，他只是碰巧那天休息，被同宿舍練攤兒給手機貼膜的老鄉拉過來湊數的。

出了人命大家就清醒了，原來這麼玩下去也很危險，幾支隊伍沒人招呼就自動解散了。但事情才剛剛開始。一直想整頓城鄉接合部的社會治安和閒雜人等，這回逮到了機會。先是半夜三更突擊檢查暫住證，無證遊民一律遣送回老家；接著清查周邊的舊房危房和違章建築，安全設施不達標者一律不得出租，限期加固整改或拆除。以安全的名義，又解決了一部分不安定因素，因為外來者的租住環境多半都有問題。真有深仇大恨的人也打不起來了，沒那個心思：被遣送的遣送，被驅趕的驅趕，想留下的趕緊找門路，剩下的燒香拜佛，自求多福。

我們三個半夜被砸開門，手電筒直接照到被窩裡。我穿著背心褲衩從箱子裡摸出暫住證。米籮記錯了地方，箱子裡找不到翻包，包裡沒摸著又去掏衣服口袋，最後在床頭櫃裡翻出來，找到了還被踹了一腳，說他浪費時間太多。

在我們找暫住證的同時，隔壁院子裡鴨蛋在哭。另一撥人進了老喬的門，鴨蛋被半夜三更闖進來的陌生人嚇哭了。老喬應該是和他們發生了爭執，為此還得罪了那些人。我們聽見老喬老婆穿著拖鞋劈裡啪啦地往外跑，跟在他們後面說：

「你們千萬別生氣，他真不是那個意思。」

「哪個意思也沒用！」一個硬邦邦的男聲說，「跟房東說，最遲後天中午。沒得商量。」

這個最後通牒指的啥，我們都沒深究，沒時間。天不亮周圍就亂了，收拾的收拾，搬家的搬家，有門路的趕緊投親靠友。那兩天不斷有人過來告別。聽那些資深的北漂前輩說，好幾年沒見過這麼大規模的清查了。到了「後天」，推土機轟隆隆開到西郊，我們才明白通牒要幹什麼：強行拆除違建房。從西邊的巷子一家家往這邊推。每一間違建房都推倒，他們知道指不上房東，誰捨得對自己的搖錢樹下手。老喬第二天一早就跟房東打電話，房東咬著舌頭說，雷聲大雨點兒小，哥們兒啥場面沒見過，小 Case 啦，放一萬個心住。但推土機開進了路西的巷子，老喬兩口子扛不住了，開始收拾家當。還沒收拾完，推土機就從寬闊的院門開進來了。

推房子是大事，我們都去看熱鬧。戴山川和那群賣盜版碟的也都在，沒事幹，都貓在家裡。那天晚上戴山川差點挨了揍，他算一個剛來不久的觀光客，火車票可以作證，但他跟糾察隊說明來京理由時，把一個隊員給惹毛了。我是糾察隊我也毛，什麼叫「找另一個自己」？這小子分明在耍他，那隊員警棍都舉起來了。戴山川發現跟他們講不清，只好說，來北京是找一個失散多年的兄弟。糾察隊說，早他媽這麼說不就結了？還找「另一個自己」，跟老子拽什麼鳥文。拆房隊的隊長一揮手，推土機直接開到老喬的東山牆下。老喬老婆說，還有幾樣東西，再給五分鐘。隊長豎起右手食指和中指：兩分鐘。然後盯著手錶看。

老喬兩口子這才真正慌起來，穿著拖鞋往房間裡跑，出來的時候拖拖拉拉抱了一大堆，抓到手裡的全往外扔，恨不得把床也搶救出來。隊長彎下食指和中指，對推土機的司機示意，時間到，開始。推土機司機加了一下油門。鴨蛋突然大叫：

「雞蛋！雞蛋！」

在場的都蒙了，鴨蛋叫喚什麼雞蛋？反正我是一下子沒反應過來。

鴨蛋哭喊起來：「雞蛋！我要雞蛋！我要雞蛋弟弟！」

他說的是貼在床頭的照片。我想衝進去，但推土機的黑煙已經冒出來，開始怒吼著往前推了，我趕緊收住腳。一個人衝進房間，是戴山川。滯後沒超過三秒，推土機已經杵到牆上。司機沒看見有人進去，因為嘭嘭嘭嘭巨大的機器噪音，他聽清楚我們大喊停下和有人時，踩剎車已經來不及了。我們看見老喬一家住的簡易房子在左右晃動幾秒之後，轟隆隆倒塌了。

連司機都傻眼了。除了鴨蛋還在哭叫他的弟弟雞蛋，所有人都呆若木雞。戴山川沒出來。

那一段時間的確很長，相當之長。塵煙拔地而起。很多人的下巴都掛在胸前，遲遲沒能合上。我們就看著那一堆廢墟。一間簡陋的房子，連廢墟都單薄，石棉瓦、樓板和碎磚頭糾纏堆積在一起。司機嚇得推土機也憋熄了火。院子裡只剩下鴨蛋的哭喊和風聲。我確信時間是有聲音的，我幾乎能夠聽見時間正以秒針的速度啰嚓啰嚓在走。廢墟寂靜。然後，寂靜的廢墟突然發出了一點聲響，我們中間誰叫了一聲。塵煙稀薄，我們都看見碎磚頭嘩啦又響一聲，一隻手從磚頭縫裡一點點拱出來，一張皺巴巴的照片出現在廢墟上。

鴨蛋掙脫母親，邊跑邊喊：「弟弟！」

二〇一七年十二月十日，安和園

十年一覺北京夢
——《北京西郊故事集》後記

作家的生活軌跡由他的作品繪就。平日裡回憶某時某事，想大了腦袋也理不出個頭緒，一旦將其時其事附著上某部作品，往事紛至遝來。作品經緯著我們的生活，翻閱手邊即將付梓的《北京西郊故事集》，越發清晰地看見，它在我這十年的生活中拉出了一條閃亮的線。

以作品為參照回顧逝去的時光，注意力往往會被大塊頭吸引。比如剛結束的二十一世紀的第二個十年，聳立在我生活中最清醒的標誌是兩部長篇小說：《耶路撒冷》和《北上》。它們倆幾乎完整地瓜分了我的十年。圍繞這兩部小說展開對過去十年的回憶似乎也更有效。起意、構思、準備、寫作、修改、定稿、出版、影響，把這些時間點和大致情況列出來，浩蕩的十年基本就綱舉目張了。

其他時間呢？我在兩部小說的間隙裡尋找，嗯，《王城如海》和《青雲口》；一部小長篇，一部童話。在《耶路撒冷》和《北上》步履維艱乃至裹足不前時，我適時地寫出了它們。寫作深陷困頓、無力前行時的恐慌，應該不亞於衝鋒陷陣。那種四顧茫然、無所依傍的失重感毀掉過不少作家。我必須及時地把這些被恐懼放大了的空白時間填滿。好在頭腦裡常年轉圈的小說不止一個兩個，揀瓜熟蒂落的來。於是有了《王城如海》和《青雲口》。

即便如此，十年的時光依然遼闊；彌散在這四部作品縫隙裡的碎時光，連綴起來也足夠漫長。容我再打撈。水落石出的，就是這本《北京西郊故事集》。

二〇一一年末，身陷《耶路撒冷》寫作中，漫無盡頭的無望感迫切需要一點虛榮心和成就感來平衡，我決定寫幾個短篇小說墊墊底。歲末加上二〇一二年春節長假，我每天上班一樣去離家步行一刻鐘的小泥灣，開始寫在頭腦裡轉了很久的幾個短篇。我在那裡租了一間小房子，安靜，無法上網，適宜沉下心來讀書寫作。那幾個短篇同屬一個系列。主要人物就那三四個年輕人，他們租住在北京西郊，漂著，有一份躲躲閃閃的工作，勉強餬口。總題目叫《北京西郊故事集》。

二〇一〇年已經寫過兩個，〈屋頂上〉和〈輪子是圓的〉。前者為中日青年作家論壇而作，遺憾的是，論壇召開時，我因參加愛荷華國際寫作計畫去了美國；後者寫於愛荷華。那個時候就想著寫一個短篇小說系列。我對系列小說一直懷有莫名的激情：因為某種割捨不斷的聯繫，那幾個小說是一家人，每一個小說都是其他小說的鏡像，它們可以作互文式閱讀；它們的關係不是一加一加一等於三，而是一加一加一大於三，互文閱讀之後它們能夠產生核聚變般的威力。

但是《耶路撒冷》開始後，《故事集》就放下了。一放就是一年多。現在重新拾起來。那個歲末年初過得叫一個充實，上午下午晚上三班倒，兩個月內寫了四個短篇，還讀了一堆書。後來獲得魯迅文學獎的〈如果大雪封門〉就是那時候寫的。

有四個短篇墊底，又回到《耶路撒冷》。心心念念長篇一結束，再續西郊故事，讓幾個短篇再長長。沒成想，下一篇就到了二〇一五年。時間都去哪兒了？想不清楚。但對一個主要人物相對固定的小說系列，的確越寫越難了。人物性格、事件發展、時間對位，你寫出來越多，限定也就越多，想像的空間就越小，虛構的負擔就越重。二〇一五年寫了兩篇。最末一篇寫完，已經是二〇一七年底了。這個小說叫〈兄弟〉。從二〇一二年春節我就想寫這個故事：一個人到北京來尋找另一個「自己」。不是開玩笑，也不是魔幻的「空中樓閣」。所以必須讓這件匪夷所思的事充分地接地氣，確保它是從現實的土壤裡開出的花。斷斷續續想了多種方案，都說服不了自己。二〇一七年底，北京所謂的「驅趕低端人口」事件被炒得沸沸揚揚，我突然想起多年前居住在北京西郊的朋友，因為沒有暫住證，半夜裡經常要東躲西藏。歷時六年，〈兄弟〉終於找到它的物質外殼。我用三天寫完了這個小說。

〈兄弟〉是第九個。當初想得美，十二個短篇，至少十個，一本集子就挺像樣的。可是〈兄弟〉寫完，實在寫不動了。我決定再等等，沒準勇氣和靈感會像淘空的井水一樣再蓄出來。蓄出一篇也好。

二〇一八年過去，二〇一九年也結束了，蒼井依舊空著。那就隨緣。我把書稿歸攏到一起。耗了十年，也對得起它了。還叫《北京西郊故事集》？我想了想，還可以叫。十年前規劃此集時，「故事集」還是個稀罕物，土得沒人叫，十年後，叫「啥啥故事集」的漫山遍野。漫山遍野了還叫，也算不忘初心。二〇一〇年動手，二〇二〇年面世，這十年夠結實的，一點折扣都沒打。

徐則臣 二〇二〇年三月五日，安和園

附錄

如果沒有離開的勇氣

——讀《狗叫了一天：北京西郊故事集》

張鵬禹

多年前，汪峰的一首〈北京北京〉傳遍大街小巷，略帶嘶啞的歌喉帶著眷戀和感傷：「如果有一天我不得不離去／我希望人們把我埋在這裡／在這兒我能感覺到我的存在／在這兒有太多讓我眷戀的東西。」無數人被北京吸引，卻想要逃離；縱使離去，卻終有遺憾和不甘。和這首歌流行的時間差不多，《狗叫了一天：北京西郊故事集》裡的故事也發生在新世紀初，如何在城鄉劇變的社會轉型期尋求身體和心靈的安放之所，始終是困擾和拷問「北漂」們的難題。

在這部徐則臣最新出版的小說集中，〈六耳獼猴〉、〈如果大雪封門〉、〈摩洛哥王子〉等九部短篇小說無一例外將目光聚焦於進城青年身上，延續了《跑步穿過中關村》、《啊，北京》、

《耶路撒冷》、《王城如海》等作品構成的北京敘事譜系。只不過，這一次故事發生的空間更為具體和集中——北京西郊。圍繞一座出租房，四位來自花街的年輕人開啟了一段或悲或喜的「大都市生活」。

「我」（木魚）因為神經衰弱輟學，來到北京幫辦假證的姑父發小廣告，在海淀的出租房裡，結識了幾位年齡相仿的老鄉——熱情正直的行健、開朗樂觀的米籮、淳樸善良的寶來。他們晝伏夜出，懷揣油墨刷子和名片，遊走在法律的邊緣，但見不得陽光的身分絲毫不妨礙他們和「所有衝進北京的年輕人」一樣，「都有一個美好的夢想。」而細察之下，這夢想似乎平庸得無可救藥——房子、車子、女人、錢——世俗意義上的成功。

但小說集表現的重點並沒有放在「成功拜物教」對進城青年精神和肉體的侵蝕上，也沒有表現他們為追求夢想奮鬥的過程，而是試圖探討一種城與人的關係：像他們一樣沒有文憑、沒有背景、沒有技術、沒有資本的普通青年，在城市中闖蕩的意義何在？作者給出的答案是在直接和間接經驗中完成人生意義的找尋。

理查．塞納特如此定義城市的特點：「城市就是一個陌生人（stranger）可能在此相遇的居民聚居地。」在這裡，他們遇到了夢想著用廢舊零件組裝出汽車的咸明亮、患有神經衰弱症的銷售員馮年、畢業於音樂學院的流浪歌手王楓、被貴州人意外打死的建築工人天岫、被拐賣的小乞丐小花、本是鄉村教師的餐館服務員、想看一場大雪的鴿子飼養員林慧聰、來「尋找另一個自己」的戴山川等形形色色的底層市民。對小說中人物而言，正是相遇之後的再相遇，讓他們得以在相似命運的人身上反觀自身，尋找自我。

〈成人禮〉講述了行健與餐館女招待的交往。女招待告訴行健，自己本是一所學校的老師，曾和分到本地的一個北京大學生交往過，是他告訴自己「要多出去看看」。出來六七年後，她最終選擇回家，她讓行健明白了「出來難，回去更難」的道理——人總是逃避現實，回鄉才真正需要勇氣。行健也因此明白了：好好幹，在北京扎下根來。〈摩洛哥王子〉中，流浪歌手王楓讓「我們」看到了善良和信念的力量。懷才不遇的王楓在地鐵中賣唱，卻始終堅持著音樂夢想。搬到一起後，「我們」也都各自買了一件樂器，在羨慕他的音樂才華外，他的執著和善良更深深打動了「我們」，帶動我們和他一起拯救被拐賣的小乞丐小花。〈屋頂上〉中，在目睹了寶來的事故後，「我」（木魚）決心回去好好念書；〈輪子是圓的〉中，在大家遙不可及的空洞夢想只是嘲諷自己的信口雌黃時，咸明亮造車的夢想竟然成真。〈如果大雪封門〉中，林慧聰的夢想是看一場真正的大雪，他的單純讓「我們」不再打掉他賴以謀生的鴿子燉湯。而〈兄弟〉中的戴山川就更為直接，來北京，「我要找的就是另一個自己。」類似的故事使這部小說集有了一些成長小說的色彩，在北京西郊這個五方雜處的世界裡，「自我」被重新發現、塑造、改寫。

與不屈服於命運安排的陳金芳（《世間已無陳金芳》）、執著的精神世界探索者張展（《尋找張展》）、被時代拋下的涂自強（《涂自強的個人悲傷》）、把奮鬥視作生命底色的阿信（《故事星球》）、用回歸實現自我救贖的小六（《奔月》）等人物不同，北京西郊故事裡的青年形象耐人尋味，他們沒有跌宕起伏、波瀾壯闊的人生，也沒有那麼高大上精神救贖，他們是數量龐大的一類進城青年的代表——年紀輕輕、碌碌無為、隨波逐流。但時代不會拋棄他們，他們終將成長。

由此，小說集試圖在城市經歷對進城青年的意義上給出新的思考：如果獲取財富、實現階級躍升或成為城市人的夢想都落空後，曾經對故土的「背叛」應該被否定嗎？我想，即使是被打成傻子的寶來，抑或是意外身亡的天岫，可能都並不後悔。

正如奧古斯特．恩德爾在《大城市之美》中所說：「因為這就是最不可思議的，儘管有醜陋的建築，儘管有雜訊，儘管有人們所指摘的一切，但大城市對想看到它的人來說依然是一個美麗和詩歌般的奇蹟，是一個比任何作家講述的都要多姿多彩、形象生動、變化多樣的童話，是故鄉，是一位每天都讓孩子沐浴在錢多未有的幸福的奢侈的母親。」無論留下與否，當城市的光環剝離絢麗外衣後，這段遊歷的過程也就無關成功與失敗、屈辱與尊嚴、幸福與痛苦，一切經歷都將成為青春的底色，進而在未知的歲月裡沉沉浮浮、若隱若現。

在故事展開的過程中，北京的城市形象也浮出水面，它不再是政治化、商業化、國際化的北京，而是打上鮮明作者色彩的「文學北京」。徐則臣說：「正如我一直在開闢的另一個文學根據地北京。我們都知道北京在哪兒，大概長什麼樣，我小說裡的北京既是大家都熟悉的那個北京，也是大家所陌生的北京。我在用文學的方式拓展和建造一個我自己的『北京』。」中關村、海龍大廈、出租房……這些我們熟悉的符號顯示出徐則臣一以貫之對特定空間的關注。

另一方面，小說集中呈現的「文學北京」顯然是在與花街的對照關係中完成的，二者形成了一種顯—隱關係，西郊故事中的人物無論是人物性格、人物關係還是成長史，都深深打上了花街的烙印，這也使敘事展開的空間在更深廣的層面上勾連起中國社會城市化的現在，並與前幾年喧囂熱鬧的「逃離北上廣」討論形成呼應。作者在「回不去的故鄉與留不下的他鄉」問題上找到了折中的路徑——去留成敗皆英雄，此心安處是吾鄉。離去與歸來某種意義上並不構成成長問題的本質，作者呼喚的是一種面向現實、真正生活的努力。

以城市文學的視角來關照《狗叫了一天：北京西郊故事集》，可以發現，小說中所探討的問題在文學價值之外，也具有相當的社會價值。隨著中國城市化進程的加劇，無數農村和鄉鎮人口湧入大都市，龐大的數字背後是具體而微的個體，他們在城市中的命運沉浮不僅主宰著自身人生道路的方向，也在形塑著城市的外在型態與精神氣質。顯然，正是這一個個個體，讓城市脈搏生生不息地躍動，而進城青年似水面下潛藏的冰山般決定著這躍動的幅度和力度。《狗叫了一天：北京西郊故事集》在某種意義上營造出文學與社會學之間耐人尋味的張力，也以自己的方式回應了文壇近年來對城市文學的焦慮與關切。

（作者係《人民日報》海外版編輯）

九歌文庫　1336

狗叫了一天：北京西郊故事集

國家圖書館出版品預行編目（CIP）資料

狗叫了一天：北京西郊故事集 / 徐則臣著 . -- 初版 .
-- 臺北市 : 九歌 , 2020.09
面； 公分 . -- (九歌文庫 ; 1336)
ISBN 978-986-450-308-7(平裝)
857.63　　109011759

作　　者——徐則臣
責任編輯——鍾欣純
創 辦 人——蔡文甫
發 行 人——蔡澤玉
出　　版——九歌出版社有限公司
台北市 105 八德路 3 段 12 巷 57 弄 40 號
電話／02-25776564・傳真／02-25789205
郵政劃撥／0112295-1

九歌文學網　www.chiuko.com.tw

印　　刷——晨捷印製股份有限公司
法律顧問——龍躍天律師 ・ 蕭雄淋律師 ・ 董安丹律師
初　　版——2020 年 9 月
定　　價——280 元
書　　號——F1336
I S B N——978-986-450-308-7